新潮文庫

# 春山入り

青山文平著



新潮社版

10772

# 目次

三筋界隈…………七
半席…………五五
春山入り…………九九
乳房…………一四五
約定…………一八九
夏の日…………二三五

文庫『春山入り』は単行本『約定』を
文庫にしたものです。

青山文平

# 春山入り

# 三筋界隈

「この御勤めは、給金がようございますよ」

口入れの根岸屋《ねぎしや》膳兵衛《ぜんべえ》が大袈裟《おおげさ》な笑顔をつくって言った。

「いくらだ」

私は訊《き》いた。

「なんと五百文でございます」

「五百文、な」

「不服でございますか」

曖昧《あいまい》、と見えたのだろう。膳兵衛は途端にふくれ顔《つら》になる。

「五日分ではございませんよ。一日分ですよ。こんなべらぼうな年でなければ、米が六升買えるお足でございます。二日で一貫文。八日、続ければ一両です。たった八日で、我々には縁のない小判を手にできる給金なのですよ」

「別に、額が不服なのではない」

放っておけば、膳兵衛はいくらでも喋《しゃべ》り続けそうだ。縁ができて五年になるが、顔の皺《しわ》が深くなるに連れて、ますます口数が多くなった。武家屋敷に一季奉公で雇われる侍ならば一年勤め上げて三両だとか、中間《ちゅうげん》ならばたった二両だとか、次々と言葉が並ぶのだろう。

「では、御雇い主でございますか」

膳兵衛は鉾先《ほこさき》を変える。

「そりゃあ胸糞《むなくそ》わるいかもしれませんが、しかたないじゃありませんか。そういうお客様だから、これだけ出すのです」

たしかに、胸糞はわるい。この大江戸から消えた米を、買い占めている連中だ。米屋でもないのに、米を蓄え込んでいる。今度の客は油屋だ。その前は干鰯《ほしか》屋で、またその前は太物《ふともの》屋だった。

江戸に米を行き渡らせるために、どんな店でも米を扱っていいと、御公辺《ごこうへん》が仕法を替えた始末がこれだ。

お蔭《かげ》で、膳兵衛が言ったように、二年前なら百文で優に一升は買えた米が、天明《てんめい》七年五月のいまは三合しか手に入らない。店の名を聞くだけで、知らずに顔が険しくなろうというものだ。

とはいえ、だから、用心棒の日傭取《ひようと》りが嫌というわけではない。

打ち壊しにやってくるかもしれない者たちと一戦交えるのであれば嫌に決まっているが、もとより、店を守るつもりなどさらさらない。

彼らが押し寄せてきたら、直《す》ぐに道を明ける。それどころか、一緒になって店を打ち壊せばいいだけの話だ。これまでも御勤めを請けたときは、はなっから給金だけもらうつもりだった。

なのに、知らずに煮え切らない返事になったのは、一つは、かつては大いに驚いた五百文という額が、珍しくもなくなったからだ。

下総国佐倉《しもうさのくにさくら》藩十一万石の、江戸屋敷御用達《ごようたし》の米屋が、数十人の足軽が守っていたにもかかわらず、一気に蹴散《けち》らされてから、用心棒の相場は跳ね上がった。

悪名高い米屋、万屋作兵衛《よろずやさくべえ》への打ち壊しを御番所《ごばんしょ》が阻止できなかったことも手伝って、いまでは一日六百文の声も聞く。天明の飢饉《ききん》は、少なくとも、江戸にいる腕に多少の覚えのある浪人にとっては、ひび割れた土地に降る雨だ。

だからといって、その雨を、手放しで慈雨《じう》と喜べるはずもない。

江戸は、生まれ育った土地にいられなくなった者たちを、全国から吸い寄せてきた。そうして日傭取りになり、棒手振《ぼてふ》りになった裏店《うらだな》住まいたちの活計《たっき》は、けっして暮らしに波風《なみかぜ》は立たないという、ありえない前提で成り立っている。

そのいちばん大きな波が、米の値だ。貧しい者ほど、ひたすら米で腹を膨らませる。飯が米なら、おやつも米だ。二、三割上がっただけで、商売物の仕入れの金にも事欠くのに、四倍になって持ち堪《こた》えられるわけがない。

大川に架かる橋からは、いよいよ喰えなくなった者たちが、まるで水遊びでもするかのように身を投げる。どこの寺といわず、門前を行けば、仏の前で救われようとした骸《むくろ》をいくらでも目にしなければならない。

打ち壊しに加わる者たちは、明日は大川に飛び込んでいるかもしれない連中だ。路上で骸になっているかもしれない連中だ。どんなに懐《ふところ》が寂しく、米粒から遠ざかっていようと、五百文の用心棒話に喜色満面になるほど、まだ私は狂っちゃいない。請けるにしても、請け方というものがある。

「で、どうされるのですか。請けるのですか。お断わりになるのですか」

膳兵衛は切り口上で言う。

「請ける」

むろん、請けるに決まっている。まだ、死ぬつもりがない以上、請けなければならない。凌《しの》がなければならない。

こういう御時世である。膳兵衛のところにも、他の目ぼしい日傭取りの話はないようだ。真っ当な御勤めはなく、五百文の用心棒話だけがある。

私はあらためて、いよいよとなったときは打ち壊し衆の一人たらんとする気持ちを新たにした。

「三食付きでございますよ。泊り込みですから、五百文はそっくり残ります。とりあえず十日。成り行き次第ではもっと長くなるはずです。稼ぎどきでございますよ！」

一転、膳兵衛はからからと笑った。


雇われ先では、昼も夜も鰹《かつお》が出た。

奢《おご》ったのではない。

この年の春夏は前代未聞《みもん》と呆《あき》れられるほど鰹が豊漁で、目ぼしい橋の界隈《かいわい》へ行けば、塩を振った鰹の生利節《なまりぶし》を、一本たった四文で買い求めることができる。蕎麦《そば》切り一杯の三割にも満たない。

私もこの二月《ふたつき》、鰹だけで喰い繋《つな》いできた。

米はないのに、鰹はあった。

さすがに、うんざりしていたところへ、また鰹だ。給金を弾む代わりに飯代を削っているのは見え見えで、飯は売り物の白米ではなく、大根や薩摩芋《さつまいも》、大角豆《ささげ》なんぞを交《ま》ぜ込んだ粥《かゆ》だった。

だから、というわけではなく、私は約定《やくじょう》の十日を終えると、直ぐに江戸橋にあった雇われ先を後にした。

雇い止めに遭ったのではない。

たしかに、私が油屋に詰めているあいだに、打ち壊しは鎮《しず》まろうとする兆《きざ》しを見せた。

無策だった御公辺はようやく御救いを決めて、窮民たちに三匁《もんめ》ばかりの銀を配ったし、半値での米の割当販売も始まった。町のあちこちで施行《せぎょう》も行われ出した。近々、関東郡代の伊奈忠尊《いなただたか》が二十万両の公金で買い集めた米が、江戸へもたらされるとも聞く。

でも、御救いの銀三匁は、たかだか銭二百文だ。それに、米を半値で売るとはいっても、いちばん高値だったときの半値だから、二百文では一升二合しか買えない。ふだんと比べればまだ倍で、親子三人なら、わずか一日で消えてなくなる。兆しはあくまで兆しであり、米を抱え込んでいる商人が、用心棒に安心して暇を出せるほどに、物騒が収まったわけじゃあなかった。

なによりも、本来なら頼みにする御番所は、相変わらず、取り締りの矢面《やおもて》に立とうとしない。

そして、さすがに米を買い占めようとするだけあって、商人たちはその理由が分かっている。目端《めはし》が利《き》く者ほど、御番所を当てにはしなかった。

御番所という役所が、動かないのではない。町奉行の曲淵景漸《まがりぶちかげつぐ》という一人の男が、取り締ろうとしないのである。つまり、曲淵が頭《かしら》でいる限り、けっして御番所は動かない。

瓦版《かわらばん》は、幕閣から曲淵がその無為を問い詰められたと書き立てている。にもかかわらず、出張《でば》ろうとしないのは、己の経歴に、鎮圧に失敗したという汚点を記《しる》したくないからだろう。

国にいたときも、そういう上司がいくらでもいた。

取り締りにしくじるくらいなら、取り締らないほうがよい、というわけだ。

いよいよ取り締らざるをえなくなっても、けっして先頭には立たない。

自ら出張らない限り、失敗は配下の力不足で済ますことができる。けれど、出張れば、己の失敗だ。

たとえ御番所として失敗し、町奉行の座を追われたとしても、己の失敗でない限り、いずれ返り咲く目もある。だから、曲淵は、絶対に馬に跨《また》がらない。往々にして、こういう手合いが、能吏とか、切れ者とか言われる。

油屋もそれを承知しているから、あと五日延ばすと、膳兵衛に伝えた。

私の気持ちも少しは動いた。十五日勤めれば、七貫と五百文。ほとんど二両だ。世の中がどう動くか分からんときに、二両の手持ちは大きい。

でも、そうしなかったのは、三日前に結構な雨が降ったからだ。

私は、浅草阿部川町《あさくさあべかわちょう》に住まっている。裏店ではなく表店《おもてだな》で、直ぐ一本南の通りには、御公辺の番方《ばんかた》の筆頭である、書院番組《しょいんばんぐみ》に仕える同心たちの組屋敷が広がる。

斡旋《あっせん》してくれたのは、やはり膳兵衛で、私が「表店の家賃など払えるはずもない」と言うと、「ここは格安でございますよ」と答えた。「なにしろ、三筋《みすじ》ですから」。

三筋というのは、私の暮らす浅草阿部川町と書院番組組屋敷、そして隣り合う大番《おおばん》組《ぐみ》組屋敷と元鳥越町《もととりごえちょう》の一帯の俗称である。人によっては、東の境を流れる新堀《しんぼり》の向こうの寺町まで含むという声もあるから、ま、その辺《あた》りとおおまかに見当をつけておくくらいがよいのだろう。

で、なんで三筋の家賃が安いかというと、水が出るのである。

新堀の幅は狭く、川というより堀割に近い。そして、広く雨水を集める浅草田圃《あさくさたんぼ》を源にしている。おまけに、三筋一帯は土地が低いときているから、長雨にでもなると直ぐに溢《あふ》れて水浸しになる。

膳兵衛は当初、「とはいっても、天下の御書院番の組屋敷があるくらいですから……」と言葉を濁した。どうしてもそこを借りたかった私は、だから、水が出るとはいってもたいしたことはないのだろうと、解釈したいように解釈したが、実際に移ってみればとんでもなかった。

私の借りた表店がある界隈は、低い三筋のなかでもとりわけ低く、たいした雨でもないのに濁った水が床を洗った。水が引くと、冗談ではなく、泥に塗《まみ》れた床板の上で鯉《こい》や鮒《ふな》がばたばたと跳ねた。

人によっては笑うかもしれぬが、私は笑えなかった。私にとって、その床板は大事な床板だったのだ。

そこは、元はといえば近場の寺の道具置き場だったのだが、私が借りてからは道場となった。

江戸へ出て五年、旗本屋敷での一季奉公やら用心棒やら提灯貼《ちょうちんは》りやら、江戸の浪人がやる御勤めをひと巡りした私は、四十を三つ回った去年の秋、本物の一文なしになる前に、剣術を教えて凌いでいこうと、一念発起して道場を開いたのだった。

近所の住人の話によれば、その道具置き場のある土地は、元は周りよりも高いくらいだったが、去年七月、あの永代橋《えいたいばし》が流された大風雨で幾日も水に漬かり続けた後に、突然、沈み込んだということだった。なんのことはない、寺の者たちが、使いものにならなくなった道具置き場をどう始末すべきか、頭を寄せ合っていたとき、是非、借り受けたいと手を挙げたのが私だったのだ。

世間から見れば、とんだ貧乏籤《くじ》を引かされたということになるのだろうが、後から振り返っても、私はその籤を引くしかなかったと思う。

この江戸で、道場として使える広さの建物を私の懐で借りることができるとしたら、まちがいなくそこだけであっただろうし、寺道具を置いておくべく普請《ふしん》された基礎は頑丈で、補強する必要もなかった。私は、まさに私のために、沈んでくれたと思ったほどだ。そこは、江戸に出て以来、私が初めて得た、自分の居場所だった。

だから三日前、油屋の屋根を雨が叩《たた》くと、私は寝つけなかった。

いくら考えないようにしても、脳裏に床板を呑《の》む水が浮かび、引いた後にへばりつく泥が浮かんで、一刻も早く、掃除をしたいと思った。きれいな水で泥を洗い流し、固く絞った雑巾《ぞうきん》で、力一杯、磨くように、床板を拭《ふ》きたかった。

それからはずっと、私はなにごとにも上《うわ》の空で、十日の御勤めが明けると、二両の給金のことなどすっかり忘れて、浅草阿部川町を目指したのだった。



江戸橋から浅草阿部川町へは、浅草御門を通る。茅町《かやちょう》、瓦町《かわらまち》と歩を進めると、ほどなく鳥越橋が見える。渡ると、右手は幕府御領地からの年貢米《ねんぐまい》を受け容《い》れる浅草御蔵で、私は足早になって左手の路地に分け入る。米俵を積んだりする様子が目に入ると、どうしても国を出ることになった謂《い》われが思い出されるのだ。

路地を抜け、幽霊橋で新堀を跨ぐと、そこはもう元鳥越町で、引っ越してまだ一年にもなっていないのに、帰ってきたという気になる。

元鳥越町は、浅草聖天町《しょうでんちょう》に移るまで刑場があった土地で、つまりは当時の江戸のどん詰まりだった。

といっても、百年よりももっと前のことなのだが、私の目には、町の佇《たたず》まいが往時の記憶をとどめているように映った。その外《はず》れ具合が、田舎者には落ち着けるのかもしれない。

はたして水はどうかと案じつつ、新堀の右岸を歩く。堀割のような川に釣り合って、路幅《みちはば》が狭い。

この二日《ふつか》はよく晴れていたのに、路《みち》は黒く湿って、昨日あたりまではまだ水が出ていたことを伝える。

あらためて、江戸は水の町だと思う。

江戸へ出てきて、いちばん驚いたのは、どんなに歩いても町が切れないことと、その町に水路があることだった。

どこに行くにも船が使えて、岸辺には蔵が建ち並んでいる。

江戸者は当り前と思っているだろうが、私の国でこんな真似《まね》をしたら、城下はたちまち水浸しになる。

それだけに、水の流れを自在に御《ぎょ》しているかに映る江戸は驚異だった。直ぐ側《そば》を大川という大河が流れているというのに、相応の堤《つつみ》がなく、建物も基礎上げをして氾濫《はんらん》に備えることがない。

国にいた頃、私は川除《かわよけ》普請に当たっていたことがあった。元はといえば番方だったが、三十の半ばで役方《やくかた》に回り、その初めての御役目が川除普請だった。

と言えば、暴れる川をなんとか手なずけて、洪水の怖《おそ》れを絶つべく努めてきたというふうに聴こえるだろうが、事実はむしろ逆だ。

年貢米の収量を上げるためには、畑にしか使えない土地を、田に替えなければならない。つまり、水を使えない土地を使えるようにするということだ。

で、川を付け替える。

川の流れを変え、川を畑に近づけて田にする。川は限りなく田に、人家に寄り添うから、ひとたび堤が破れれば、厄災は惨《むご》いものになる。

最初から分かっていることだが、国にとって最も重要なのは、一粒でも年貢米を増やし、それを大坂や江戸に回米して銀や小判に替えることだった。あらかたの国と同じように、私のいた国の内証も火の車だった。

それが、仕方のないこと、では済まないのを思い知らされたのは、五年前に国を襲った大洪水で、何十軒もの百姓家がまるで難破船のように濁流に運ばれるのを、為《な》す術《すべ》もなく見ていたときだった。

その年、新任の郡奉行《こおりぶぎょう》となった私は、迷うことなく水に呑まれた村々の年貢を免除し、それまでの年貢の未納分も破棄した。

背中を押したのは、まちがいなく贖罪《しょくざい》の意識だが、けっしてそれだけではない。

年貢の未納分に対して、藩は利子を取る。膨らんだ未納分を納めれば、当年の年貢に当てる米がなくなるので、また未納分とその利子が上乗せになる。

おのずと、潰《つぶ》れ百姓が次々に生まれ、つまりは耕す者のいない田が増え、その分の年貢を村が肩代わりさせられるから、さらに村全体が疲弊していく。

これもまた、誰もが間違いと分かり切っていながら、誰も手を着けずにきた流れであり、どこかで断《つ》ち切らなければならなかった。

結果、私は就いたばかりの役を解かれ、そして召し放ちになった。

私は、己の独断を、罪と認めなかった。それは、独断よりも重い罪だった。

江戸の水路のからくりのほうは、浅草阿部川町に移り、初めて日本堤《にほんづつみ》に足を延ばしたときに、仕掛けが分かった。

日本堤は、本来、吉原へ通うための土手《どて》路《みち》ではない。その名のとおり、堤である。それも、大川の対岸の隅田堤《すみだづつみ》と組み合わさって、漏斗《じょうご》の形を成している。その口から出る流れが大川だ。

どんなにたくさん注いでも、漏斗の口からは水は決まった太さでしか流れない。漏斗が受け切れずに溢れるとしたら、上の注ぎ口からだ。

江戸もそうなっている。大川の水量を一定に保って、縦横に水路を張り巡らせるために、豪雨のときは、日本堤と隅田堤でつくる漏斗より上流を、溢れさせることにした。

それが、明々となったのが昨年七月の大風雨だ。漏斗の直ぐ上だけでなく、上流の荒川流域が氾濫原となり、実に中山道《なかせんどう》の上尾《あげお》までもが湖と化した。

いま私が歩く路に沿って流れる新堀も、この水の都のからくりと無縁ではない。新堀の源の浅草田圃は、石神井用水《しゃくじいようすい》を引いた穀倉の地であると同時に、もしも水が日本堤を越えたときに、遊ばせておくための池でもある。新堀はその水抜き路なのである。

その意味では、この三筋にしても、からくりと関わっているのだと思いつつ、私は歩を進める。

幽霊橋から道場まで、路半ばの辺りに薬師橋《やくしばし》が架かる。

もしも、道場がいまも水に漬かっているとしたら、橋の先の路に水溜《みずたま》りが見え出す。幸い、水溜りはないが、目を凝らせば、まだ土はたっぷりと水を孕《はら》んでいるようだ。あるいは、明け方近くまでは、路は水の下だったのかもしれない。

三筋のなかでも最も低い土地、ということは、最後まで水が残る土地ということでもある。おのずと、道場の周りにはいろいろなものが流れ着く。そして、水が引くと、こんなものがと思うものが残る。

いちばん、あってほしくないのは、なんといっても骸だ。江戸の水路は、飢饉ならずとも、繁《しげ》く骸を浮かべる。

まだ移って十月《とつき》なのに、出くわしたことが二度ある。

一度は、いま、まさに歩いているこの路を塞《ふさ》いでいた。

仏になってから日が経《た》っていたらしく、人の形からは随分と外れていて、それからしばらく、私の胃の腑《ふ》はまともに働かなかった。以来、この路だけは、目を真っ直ぐに前に据えて、歩くようにしている。

薬師橋の次の抹香橋《まっこうばし》が架かる角を左に折れると、道場のある通りになる。

前方にその抹香橋を認めて、さらにしっかりと路を見据えたが、鮒一尾《び》見えない。

私は安堵《あんど》して足を動かし、角を曲がった。

道場の周りだけはまだ水が残っているかもしれないが、さすがに床よりは下だろう。

視線を延ばして、道場の辺りの様子を探る。

と、私の目は、そこにあるはずのないものを捉《とら》えた。

水は見えない。引いている。それはよいとして、露《あらわ》になった土の上に、黒い塊がある。

まさか、と思う。

よりによって、それはあるまい。
道場の真ん前だぞ。
どうか、ちがうものであってくれ、と念じながら、ゆっくりと足を送った。
けれど、道場が近づくに連れ、願いは霧散してゆく。
なによりも、黒い塊から二本、突き出ている棒は、もはや刀でまちがいない。
武家がぴくりとも動かずに、横たわっているのだ。
私は覚悟を決め、急ぎ足になった。
怖れていたのは、骸だ。
しかし、まだ、骸と決まったわけではない。
武家はまだ、息があるかもしれない。
面倒は避けたいと思いつつも、体は勝手に動いた。

近寄っても、武家から腐臭は届かなかった。
腰を落としてたしかめてみると、脈は細いものの、まだ息絶えてはいない。
なにはともあれ、町役人に届け出ようと、私は自身番《じしんばん》へ向かった。行き倒れの始末は町の領分だ。

けれど、着いてみれば、番人は出払っていて、しばらく待っても戻る様子がない。五月の末とはいえ、このまま水に濡《ぬ》れたままにしておいたら、武家の体は冷えきって脈が止まるかもしれない。

それに気づいていながら、なお、放置し続けるのも寝覚めがわるく、私は四半刻《しはんとき》と待つことなく道場へ戻った。

なぜか、離れているあいだに男が消えているという筋も頭を過《よぎ》ったが、やはり男はそこにいて、私は道場内の寝起きしている部屋に運び込んだ。そして、濡れた着物を脱がせて拭き、乾布《かんぷ》で擦《さす》り、衣替えで仕舞い込んでいた袷《あわせ》を着せて、布団《ふとん》の上に寝かせた。幸い、床は泥で汚れていなかった。

武家は六十の半ばは越えているように見えて、両手で抱え上げてみると、異様に軽かった。小柄の上に、もうずっと、ろくに食べていなかったのだろう。肉は薄く、掌《てのひら》には、瘦《や》せた鶏《とり》のような感触が伝わって、なんともやるせなかった。武家は武家でも、喰い詰め浪人であることは明らかだった。

当初は、ここに置いていても医者に診《み》せる金があるわけでなし、応急の措置を済ませたら、あらためて自身番に届けようかと思っていたが、行き倒れた喰い詰め浪人が、この時節、自身番でどんな扱いをされるかは想像するまでもない。とにかく、意識が戻るまでは付き合わざるをえんだろうと、腹を括《くく》った。

自身番で薬を飲ませるにしても、ひと粒でなんにでも直ぐに効くという触れ込みの丸薬《がんやく》くらいだろう。薬は飲ませた、という言い訳のためにあるような薬だ。あれなら、自分の漬けた白朮酒《びゃくじゅつしゅ》のほうがよほど効く。浅草田圃の畦《あぜ》で摘んだオケラの根を煎《い》ってから焼酎《しょうちゅう》に漬けたもので、医者にかかれない私は胃弱といわず風病《ふうびょう》といわず、すべて白朮酒の世話になっていた。

浅草阿部川町に移るまで、私は本所南割下水《ほんじょみなみわりげすい》の裏店に住んでいた。そのときは大横《おおよこ》川《がわ》を越え、押上村《おしあげむら》辺りまで足を延ばして、晩秋の野にオケラを探し求めた。オケラは花が落ち、葉が枯れる頃が最も根が太くなる。どこに暮らしていようと、私はオケラだけは欠かさずに採集し、白朮酒をつくり続けた。なんの根拠もないが、白朮酒をつくっている限りは、自分は大丈夫なのだという漠とした想《おも》いがあった。

その日、終日、男の瞼《まぶた》は開かなかった。眼窩《がんか》が大きく窪《くぼ》み、頬の削《そ》げた男の小さな顔に目を遣《や》っていると、このまま仏になってしまうのではないかと危惧《きぐ》した。男はいかにも、三途《さんず》の川を行きつ戻りつしているかに映った。流れに抗《あらが》っているのではない。むしろ、男は行きたがっている。けれど、寿命というやつが不承知で、なかなか進まないかのようだった。

そのうちに陽《ひ》が落ちて、夜が更《ふ》けると、仄暗《ほのぐら》い行灯《あんどん》に浮かぶ男が、自分の何十年後かの姿にも見え出した。

その日、その日を、どうにか遣り過ごしているうちに、ある日、突然、どうにもならなくなる。あるいは、どうにかしようという気が失《う》せる。どうにもならないうちはまだよいが、どうにかしようとしなくなると、もう歯止めがない。四十四の私とて、そのときを想うことがある。突《つ》っ支《か》い棒《ぼう》の外れた己を、怖れることがある。その怖れる姿が、目の前にあった。

私は特段、踏ん張る力が強いわけではない。独断で農政の仕置きをし、国を離れる羽目になったが、好んで、禄《ろく》を離れたわけではない。従前からの信念に基づいて、村々の年貢を免除し、未納分を破棄したわけではないのだ。私は元々番方として、もっぱら剣に親しんできた〝剣術遣《つか》い〟だった。慣れぬ役方に回って、目の前で起きている筋違いを、なんとかしようともがいているうちに、ああいう仕儀に至ったのである。

江戸に出てからも、国での振舞いを悔いたことはいくらでもある。独断で年貢を免除したのはよいとして、なぜ、それを罪と認めなかったのか、いまでも考える。考えても詮《せん》ないことを、ぐだぐだと考える。

認めてさえいれば、役は解かれても禄まで失うことはなかった。慣れぬ江戸へ出て、日々の食い扶持を探し回ることはなかった。いまは、まだ、いい。四十代の体があるうちはいい。が、五十になり、六十になった自分が、どう己を保っているのか、あるいはいないのか、皆目、分からない。

あのとき、私は既に四十に届こうとしていた。若気の至りとは言えない。罪と認めて、頭を低くさえしていれば、そのうち周りの状況も変わったかもしれない。藩政は、もうどうにも行き詰まっていた。重役の顔ぶれが入れ替わることは十分に想像できた。ただ一人、いまも時折、顔を合わせる江戸屋敷の同輩の話では、近々、国元で御主法《ごしゅほう》替《が》えがあるらしい。となれば、私を召し放ちにした面子《めんつ》も一掃されよう。なぜ、我慢が利かなかったのか。罪とは思えぬ、と言い張ったのか。あれは、ただの依怙地《いこじ》ではなかったか。私は昏睡《こんすい》を続ける男の枕元《まくらもと》で、いじいじと、声にはならぬ繰《く》り言《ごと》を並べた。

私の発する雑音に、冥土《めいど》への旅を邪魔されたのか、男は翌日の午《ひる》近くにこの世に戻ってきた。

私は、男の背を抱え、少量の白朮酒を含ませた。私にとって白朮酒は万能の薬だが、本来は胃薬だ。弱った体に滋養を補うためにも、まずは胃を働かせなければならない。

男は口を湿らせるようにして飲み下し、私が男の背を布団に戻すと、「白朮酒ですか」と言った。「びゃくじゅつしゅ」ではなく、「ひゃくしゅっしゅ」のように聴こえた。それが、私が聞いた、最初の男の声だった。

「ご存知ですか」

私は言った。白朮酒はまず店では売っていない。自分でつくるか、誰かがつくったものを分けてもらわなければならない。

「自分も、つくっておりました」

男は答えた。なぜか、白朮酒をつくる者は、武家に多い。

「ならば、お分かりでしょう。私の白朮酒はいい加減です」

自分でつくっていたのなら、舌に乗せたとき、おかしいと感じたかもしれないと思いつつ、私は続けた。

「薬研《やげん》がないので、煎ったオケラを粉には碾《ひ》けず、適当に叩いてそのまま焼酎に漬けます。薬研は、買うには少々高い」

「そうですか」

男は受けてから、ひとつ息をついて言った。

「差し上げたかったが……。この春、つくるのを止《や》めまして、処分してしまいました」

男の声は変わらずに細かったけれど、音はだんだんくっきりとしてきた。

「なにか他に、いい薬酒を見つけられましたか」

「いえ」

直ぐに、男は答えた。

「もう、薬はいいような気になりまして」

そこなのだろう、と私は思った。

今春のいつかは知らぬが、男はその頃から、どうにかしようとしなくなったのだろう。体が不調になっても治そうとする気が起きず、不調が広がるのを、見過ごすようになった。

「もしも、胃が受けつけるようなら、粥などつくりますが、いかがですか」

私は、話を替えた。

「誠に、かたじけない」

男は小さく首を動かしてから続けた。

「しかしながら、お許しが得られるなら、いま一度、このまま休ませていただきたい」

「もとより。お望みのように」

「されば、お言葉に甘えて……」

男はそう言いつつ、目を瞑《つむ》った。しかし、直ぐにまた開いて、力なく唇を動かした。

「自分は、生きているのですね」

私はゆっくりと頷《うなず》いた。


男が再び目覚めたのは、翌日の朝五つの頃だった。

ようやく土が乾きかけてきたのに、雲が垂《た》れ込めて厚みを増していく。

つい、空に気が行ってしまう私に、男は寺崎惣一郎《てらさきそういちろう》と名乗った。そして丁寧に礼を述べたが、生国《しょうごく》は語らなかった。

そこそこに回復した様子なので、例によって白朮酒の入った杯《さかずき》を手渡してから、粥に、昨日買い求めておいた鰹の生利節をほぐしたものを少しだけ添えて出してみる。

頭を深く下げてから箸《はし》を取った男は、粥を含み、生利節をひとつまみ口に入れると、驚いた顔を浮かべて、「鰹ですか」と言った。

「こんな、高価なものを」

「いやいや」

直ぐに私は言った。

「高価などではありません。半身の生利節が六文です」

さすがに、四文ではなくなっていたが、まだまだ十分に安かった。

「六文……」

この春夏、江戸の貧乏人は鰹で喰い繋いでいた。鰹の豊漁を、知らぬ者はいない。それを知らぬのは、男が、世間に目を閉ざして日々を送ってきたということだった。

もう一度、「六文」と呟《つぶや》くように言うと、男は、鰹の値を知らなかった仇《あだ》でも討つかのように箸を動かした。

瞬《また》く間に椀《わん》と小皿が空になって、私は「いま少し、いかがか」と問う。当然、所望すると思ったが、男は「いや、もう十分」と言って椀を置いた。そして、ふっと息をついてから、言葉を繋げた。

「このところ、人とも言えぬ暮らしをしておりました」

男の着ていたものを洗ったときにも、それは察した。泥水で流されたからだけとは思えぬ汚れ方をしていて、あるいは男は、住む処《ところ》を失っているのかもしれぬと推《お》した。

「もう、これまでと投げ出しつつも、一方で、これではいかんと踏みとどまる気持ちも、微《かす》かではありますが残っていたようで……」

ためらいつつも、男は話を続ける。

「幾日前になるのか、己を叱咤《しった》して、浅草の諏訪町《すわちょう》の口入れへ足を運びました」

「口入れ、ですか」

諏訪町ならば、膳兵衛とはちがう。膳兵衛の店は向柳原《むこうやなぎわら》にある。とはいえ、いまはどこの口入れも、事情は同じだろうと思いながら、私は言った。

「いまある御勤めは、用心棒くらいのものですが……」

男に用心棒勤めは、いかにも無理と見えた。

「そうでした」

腹を据えたのか、男は淡々と話した。

「口入れからも、そのように言われまして。ひと目、見ただけで、そういうわけでいま御勤めはない、と断わられました。門前払いです」

「さようですか」

男は意を決して、事《こと》の次第を語ろうとしているのだろう。とにかく、聞くだけは聞かなければと、私は思った。

「以前ならば直ぐに引き下がるところですが、これが最後と、覚悟してのことです。己を奮《ふる》い立たせて、きっと役に立てると、主《あるじ》に喰い下がりました」

そのときの男の気持ちは、痛いほどに分かった。男は崖《がけ》っ縁《ぷち》にいたのではない。既に崖を落ちている。その落ちた処から、這《は》い上がろうとしていたのだ。

「実は、なかなか信じていただけないでしょうが……」

男は言いにくそうに続けた。

「自分は、梶原《かじわら》派一刀流の仮名字《かなじ》を得ております」

一瞬、聞き間違いかと思った。一刀流系の仮名字は、人を指南するまであと一歩の段位であり、そして、梶原派は、一刀流のなかでも道場剣法から距離を置いた、実戦を重んじる流派だった。いやしくも剣を知る者ならば、梶原派一刀流の仮名字には一《いち》目《もく》も二《に》目《もく》も置く。小さく、痩せて、老いた男からは想像すらできなかった。

「いまさら語ることでもありませんが、ここは、腕自慢でもなんでもしなければならぬと、必死になって己の手練《てだれ》ぶりを説きました。なんとしても、分かってもらおうとしました」

そのときはもう、私は、嘘《うそ》ではないと感じていた。最初はあまりに掛け離れていたため唖然《あぜん》としたが、言われてみれば、男の瞳《ひとみ》の奥になお宿る光は、鍛え抜かれた剣士のものにちがいなかった。こんな状況なのに、梶原派一刀流の仮名字がどんな剣を遣うのか、ふつふつと関心が湧《わ》いた。

「けれど、口入れの返事は変わらなかった。これだけ言っても信じてもらえぬのか、と問い詰めると、そういうことではない、と申しました。信じる、信じぬの問題ではないと」

「どういうことでしょう」

「剣の腕はどうでもいいそうです。どうせ、打ち壊しの衆に刀を振るえるはずもない。雇い主に気に入ってもらうには、いかにも強そうに見えることが大事だとのことでした。いかに強かろうと、自分のように貧弱で、みすぼらしく、齢《とし》を喰っている者を送ったら、なんだ、あの口入れは、という始末になる。実は強い、などというのは駄目で、分かりやすさが一番である。だから、斡旋はできぬときっぱりと告げられました」

いかにも天明だと、私は思った。そうなのだ。慶長《けいちょう》から百七十年が経ったこの天明の世では、実は強いことにはなんの価値もない。剣を究めようとする者のみが尊ぶ梶原派一刀流よりも、町人でさえ多くが知っている中西《なかにし》派一刀流のほうが断然上になる。修めた流派を問われて答えたとき、誰からも感心される流派こそが強い流派なのだ。

皆が知っていることにこそ、価値がある。

「そう聞いても、自分は腹も立たなかった。もっともだとさえ思いました」

男の声は、妙に平《たいら》かだった。

「もはや向かう処もなく、ふらふらと、昔、暮らしたことのある三筋のほうへ足が向いて。気がついたら、目の前に濁流と化した新堀があったというわけです」

先刻、私は男から寺崎惣一郎と名乗られたが、覚えるつもりはなかった。たまたま、急場の世話はさせてもらった。しかし、それも意識が戻るまでの関わりである。名を覚えたとて、なにがどうなるものでもなく、却《かえ》って事が厄介になるだけだ。名乗りは男の礼儀として受け止め、覚えぬまま別れるつもりだった。でも、いま私ははっきりと、己の胸に寺崎惣一郎の名を刻んだ。いまにも水粒《みつぼ》を吐き出しそうな雲も、もう気にならない。

「ところで……」

寺崎氏《うじ》は己のことを語り終えると、道場に目を遣って言った。

「こちらは道場でござるか」

寝起きする部屋と道場のあいだに襖《ふすま》等はなく、衝立《ついたて》を置くようにしている。けれど、いま、そこに衝立はなかった。

門弟がいないため、衝立で仕切る必要がなかったのだ。

「いかにも」

「失礼ながら、御門弟は」

「おりません」

寺崎氏に倣《なら》って、私もまた正直に語った。

去年の秋に道場を開いて以来、誰一人として門弟がいなかったわけではない。延べで言えば、十名近くはいた。いっときは、二名が同時にいたこともある。が、その虎《とら》の子の十名も結局居着かず、いまは誰もいない。

私はこの道場を開くとき、さまざまに己を騙《だま》した。水が出るのを分かっていながら、出るにしてもそれほどではないと説き伏せたのもそうなら、最寄りに書院番組の組屋敷があるので、番士たちが集まるかもしれぬと唆《そそのか》したのもそうだ。

旗本のなかの旗本である書院番の番士が、浅草阿部川町の組屋敷なんぞに住むわけがない。彼らは愛宕下《あたごした》辺りの然《しか》るべき立派な屋敷に住んでいる。組屋敷に暮らすのは、番士に仕える同心だ。

その同心たちにしたって、ひと雨降れば水に沈む、元道具置き場の道場なんぞには目もくれない。同心たちだけではない。無名も極まる道場は、この世にないと同じなのだ。

あるとき、口入れの膳兵衛が、「目録を売ったらいかがですか」と持ち掛けてきたことがあった。

「大店《おおだな》のなかには、次男、三男を武家にしておこうとする者が多うございます。金子《きんす》を積んで、形だけ武家の養子になるのですが、さすがに養父のほうでも、からっきし剣ができない者を養子に迎えるのは世間体がわるい。で、まあ、ちょこちょこっと手《て》解《ほど》きして、目録を与える道場が重宝がられているのでございます」

そんな邪道に手を染めることが許されるのか、私はさんざ悩んだ。

いっときはよくても、長い目で見れば、道場の看板を毀損《きそん》するだけだろう。やはり、正道を行くべきだ。いや、そうはいっても背に腹は替えられない。肩書きを飾るための入門とはいえ、それもまた剣の道への入り口にはちがいない。やりようによっては、一概に否定すべきものではないのではないか……。

その三日後、悩み続ける私に膳兵衛は言った。

「先日のお話、さる大店の主人に話してみたのですが……」

まだ結論は出していない。早まったことをしてくれたと焦《あせ》る私に、膳兵衛は続けた。

「やはり、無名の道場では具合がわるいということで。申し訳ございませんが、あの話はなかったことに」

最後に、門弟の姿があったのは、この二月だ。

もう三月《みつき》、私以外の人影はない。

私は膳兵衛の世話になって、日傭取りをしつつ、道場を維持している。

この道場は絶対に潰さない。いや、潰せないのだ。

「いまは、門弟はおりませんが……」

努めて平静を装《よそお》って、私は寺崎氏に言う。

「いろいろと考えております」

いろいろと考えていることに嘘はない。ただ、策がなにひとつ出ないだけだ。

「さようですか」

寺崎氏は一音一音を嚙《か》み締めるように言った。

「さようですか」

もう一度繰り返すと、それきり口を閉ざして、考え込む風になった。

少しすると、寺崎氏はやおら起き上がり、布団を畳み出した。

「もうしばらく休んでいてはいかがか」と言うと、「いえ、そうもしておられません」と答える。

そして、私が洗っておいた自分の袷に着替え、正座をしてから言った。

「唐突で、甚だ恐縮ですが、貴公の差料《さしりょう》を拝見願えまいか」

「差料、ですか」

私は言葉を濁した。寺崎氏の言うように、あまりに唐突でもあり、それに、あえて人に見せるほどの刀でもなかった。

天正《てんしょう》の頃に鍛えられた古刀ではあるが、いかんせん、名産地からは外れた北の国の、常秀《つねひで》なる刀匠の作刀で、中央ではまったく知られていない。

無名ではあるが業物《わざもの》、というわけでもなく、わるいものではないものの、また、特に秀《ひい》でているところもない。名が上がらぬのも、得心《とくしん》しなければならぬ仕上がりだった。

「お望みとあらば……」

とはいえ、求められて、頑《かたく》なに拒むほどのことでもない。私は刀架に歩み寄り、常秀を手にして、いた場処へ戻った。

定法どおり、寺崎氏は、己の差料を、柄《つか》を右にして私の前へ置く。人の刀を見る際には、先に、自分の刀を、相手が抜きやすい向きにして、差し出さなければならない。

見届けた私は常秀を手渡し、寺崎氏が抜く。

鍔元《つばもと》の防《ぼう》から剣先の殺《さつ》まで丹念に目を送り、幾度か振ってから、鞘《さや》に戻した。

その手捌《てさば》き、体《たい》捌きは、梶原派一刀流の仮名字は真であろうという私の推量を確信に変えるものであり、再び、寺崎氏の太刀筋を目に刻みたいという欲が、いやが上にも滾《たぎ》る。

時代がどんなに変わろうと、刀を介した剣士どうしの交わりだけは、変わるものではない。剣を究めようとする気が続く限り、なにものにも侵《おか》されることはない。貧しさも、寂しさも、そこには入り込めない。

常秀に、無難な褒《ほ》め言葉を並べないその様子も快く、私は、竹刀《しない》が振れるほどに回復するまで、寺崎氏にとどまってほしいと、腹の底から願った。

「されば、今度は、自分の差料を見分いただきたい」

そんな私の気持ちを知らぬ気《げ》に、寺崎氏は言った。

いまさら寺崎氏が刀較《くら》べをおもしろがるはずもなく、毅然《きぜん》としたその佇まいに促されて、私は眼前に置かれた刀を左手に取り、鯉口《こいくち》を切る。

鞘を払って本身《ほんみ》を立てた瞬間、体の深い処が、ぞくっとした。

とても、常秀と同じ刀とは思えない。

まさに秋水《しゅうすい》と呼ぶに相応《ふさわ》しい景色が、そこに広がっている。

細身で、小さな切っ先が伏さった体配《たいはい》と、どこまでもすっと伸びようとする細直刃《ほそすぐは》の刃文《はもん》は上品の極みであり、また、目を凝らしても、密に詰まった小板目《こいため》模様が、飽きることなく地鉄《じがね》を折り返して鍛え上げたことを伝える。その美しさにも増して、強くしなやかな一口《ひとふり》であることは明らかだ。

振っても、また良い。その重みがすとんと手の内に収まって、想い描く剣捌きが意のままだ。見た目の洗練とは裏腹に、太刀筋は獰猛《どうもう》である。

「いかがですか」

寺崎氏が言う。

「なんと申せばよいのか……」

響き続ける余韻を反芻《はんすう》しつつ、私は言った。

「こんな刀もあるのですね」

素晴らしいからこそ逆に、銘を尋ねる気になれない。

その体配と造り込みからすれば、あるいは山城伝《やましろでん》の粟田口《あわたぐち》あたりなのかもしれない。

となれば、私にはまったく無縁の名物《めいぶつ》だ。

しかし、私には国友《くにとも》を、国吉《くによし》を振ったという実感がまるでない。なぜ、寺崎氏が、粟田口を持っているのかという疑念も湧かない。

粟田口ではない、というのではない。そこに関心が行かないのだ。体と刀が一体となったとき、銘はただの異物でしかない。銘は、人と刀を結ぶように見えて、実は世の中と刀を結ぶ。できれば、このまま、銘は知らずにいたかった。

「銘はありません」

ほんとうにないのか、忘れようとして忘れたのか、寺崎氏は言った。どんなに追い詰められようと、けっして手放すつもりがないのなら、銘など消えたほうがよい。

「無銘でも、お気持ちは変わりませんか」

笑みを浮かべて、寺崎氏が問う。会ってから初めての笑顔だ。

「むろんです」

即座に、私は答えた。

「されば、御願いがあり申す」

寺崎氏は、きっと私を見据える。

「貴公の常秀をお借りしたい」

「常秀を？」

その申し出は、あまりに意外すぎた。

「常秀、大いに気に入りました」

真顔で、寺崎氏は言う。そんなはずがないではないか。無銘とはいえ、明らかな名物を差していた者が、常秀に惹《ひ》かれるわけもない。

「人と刀の関わりは、不変ではありえません。人が変わる限り、良い刀も変わる。いまの自分には、常秀こそ求める一口なのです」

私は寺崎氏の、瞳の奥を覗《のぞ》く。

「先刻、貴公と話をさせていただいていた折り、し残したことを思い出しました。それには、刀を用いなければなりません。ついては是非とも、常秀を借り受けたい。その間、甚だ申し訳ないが、貴公にはその無銘刀をお遣い願いたい」

どう考えを巡らせても、おかしな話なのに、瞳の奥の光は揺らがない。

私はなおも見据え続ける。寺崎氏の、言葉の裏を読もうとする。

「し残したこと」とはなんだろう。この期《ご》に及んで、寺崎氏にどんな「し残したこと」があるというのだろう。

あるとすれば、死に直すことか。が、それに打刀《うちがたな》は要《い》るまい。なぜ、刀が必要なのか。遺恨か。ならば、なぜ常秀なのだろう。いまの寺崎氏の体には、無銘刀が重いとでもいうのか。

あるいは、「し残したこと」など、ないのではないか。手前勝手な憶測だが、ひょっとすると、これは礼のつもりなのではないか。借りるという形にして、駄物《だもの》と名物を取り替えようとしているのではないか。ならば、〃貸す〃ことはできぬ。

とはいえ、礼にしては、あまりにたいそうだ。寺崎氏に、そんな小芝居ができるとも思えない。なによりも、ずっと瞳を覗き続けているのに、宿る光は変わらずに、落ち着いたままだ。

結局、私は、額面どおりに受け取ることにした。寺崎氏が「し残したこと」のために、常秀を貸すことにした。

「では、お貸しするが……」

私は言った。

「ただし、条件があります」

「伺おう」

「きっと戻られて、常秀をお返しいただくこと。そして、この道場で、お手合わせいただくことです」

「ああ……」

そのときちょうど、浅草寺の朝四つを告げる鐘の音が伝わってきた。ふっと柔らかい顔になって、寺崎氏は言った。

「自分も是非、仕合いたいと思っておりました」

そして、続けた。

「常秀のことも、お約束いたします。これより一刻《いっとき》後、書院番組組屋敷の裏門へお越しいただきたい。そこで、必ずお返しいたしましょう」

「一刻後？」

思わず私は声を上げた。

「一刻後、と申されたか」

「いかにも。しかと、お願いいたします」

「し残したこと」をしに行くにしても、幾日か体を休めてからとばかり思っていた。いくら、なんでも急すぎる。戸惑う私の前で、しかし、寺崎氏はすっくと立った。

「しからば、しばし御免！」

いつの間にか、空から雲は消え、すっかり晴れ上がっていた。

書院番組組屋敷とは、目と鼻の先だ。御当代様《ごとうだいさま》に近侍《きんじ》してお護《まも》りする番方同心の住処《すみか》だけに、組屋敷は常に張り詰めているかのように思えるが、実際はそんなことはない。

この天明の世で、御当代様の身に危害が加えられるはずもなく、現実にすることといえば、ひたすら控えの間で暇をつぶすことだけだ。おのずと、組屋敷もどうにも緩んで、そこだけ、眠りこけたような一角になっている。

置き去りにされた気分のまま一刻後の午九つを待っていた私に、その組屋敷のほうから、ただならぬ喧噪《けんそう》が届いたのは、午九つまで、あと四半刻を切った頃だった。思わず無銘刀を差して表へ跳び出せば、野次馬たちが次々に組屋敷のほうへ走っていく。

その一人を呼び止めて、なにがあったのかを問うと、興奮を隠さずに、「浪人さんが押し入ったようでござんすよ」と答えた。

「おもしれえじゃござんせんか。ひでえ飢饉なのになんにもしなかったお上の、一等上の番方の組屋敷に、痩せ浪人が一人で押し入ったんだ。こいつを見なきゃあ、見るもんがねえってもんでさあ」

聞くが早いか、私も走った。まさに脱兎《だっと》のごとく走った。その痩せ浪人が寺崎氏であることは考えるまでもない。

表門に押し寄せる野次馬を横に見て、裏門に回る。

立ち止まって辺りを見回すが、まだ誰もいない。周
やはり、日頃、暇をつぶすことしかやってきていない連中だ。不意を突かれて、周囲を固めることすら、考えつかないのだろう。

これなら、逃がすことができる。裏門を抜けて来てくれさえすれば、救い出すことができる。

なんで組屋敷に押し入ったのかは分からない。皆目、分からないが、この際、理由なんぞどうだっていい。そんなのは、あとのことだ。いまはとにかく、押し入ってしまったらしい寺崎氏を逃がすことだけに専心せねばならない。

私は着物の裾《すそ》をたくし上げて、帯に挟む。三途の川を渡りかけた体だ。なかの立ち回りだけで、もう体力は尽きているだろう。おそらくは、背負って走らねばならぬはずだ。私は、掌の汗を感じながら待ち受ける。

と、裏門の木戸が開いて、小さな武家が転がり出た。私は喚声を上げて、駆け寄る。

寺崎氏も私を認めて笑顔を見せ、「お待たせいたした」と言う。右手には抜刀した常秀がある。血は見えない。

「さ、参りましょう」

私は背中を貸そうとするが、寺崎氏は常秀に左手を添え、手の内をつくって中段に構えた。

「では、お願い申す」

鎮まった声で言う。なんと、剣尖《けんさき》は私に向けられている。

「はて、なにか」

わるい冗談にも程がある。

「仕合でござるよ」

なにを馬鹿《ばか》な、と思いつつも、私は答えた。

「仕合は後で」

「時がない」

あらためて目を向ければ、道場にいた寺崎氏とはまったくちがう。

「直ぐに取り囲まれる」

目には鬼をも退ける剣気が漲《みなぎ》り、露になった二の腕は、仁王のそれのようだ。

「一撃で勝負を決する所存である。さっ、抜かれよ」

言うが早いか、半歩、間合いを詰めた。さらに凄《すさ》まじさを増した剣気が押し寄せ、私の体に火を入れる。

そうなれば、もう止まらない。剣士は剣気で語らう。なんらためらうことなく鯉口を切り、正眼に構えた。

瞬間、裂帛《れっぱく》の気合いとともに、寺崎氏が大きく振りかぶって打ち込んでくる。私は無銘刀を合わせ、三筋の真っ青な空を切り裂くように鋼《はがね》の叫びが響き渡る。

重い打突《だとつ》に負けずに手の内を絞り、鎬《しのぎ》で常秀を摺《す》り落とそうとして、わずかに遅れた。

終わりだ。

私は瞼を閉じた。

が、覚悟したのに、私は死なない。割られない。

訳が分からぬまま目を開けると、眼下に深々と袈裟《けさぎ》斬りを受けた寺崎氏が横たわっている。

なぜだ、と目を泳がせ、路上に落ちている折れた常秀の処で止まった。

もしも、折れなければ、私が斬られていた。

私は茫然《ぼうぜん》と寺崎氏を見下ろす。

裏門から、同心たちが姿を現わす。

野次馬も表から回ってきたようだ。

瓦版《かわらばん》に書かれた寺崎氏は、中西派一刀流の〝免許皆伝〟で、六尺豊かな美丈夫《びじょうふ》になっていた。

天明の飢饉の救済に腰を入れて取り組もうとしない御公辺に、義憤を覚えての止《や》むに止まれぬ犯行ということだ。

書院番士ですら止められなかった寺崎氏を、一撃で倒した知る人ぞ知る達人が私で、ひと月経ったいま、三筋の道場は門弟で溢れている。

おそらく、それが、寺崎氏の白朮酒への御礼であることは、折れた常秀が教えてくれる。

寺崎氏から返してもらった常秀を道場に持ち帰って、仔細《しさい》に改めてみれば、切っ先の近くに小さな刃切れがあった。

おそらく、折れた箇所の刃切れは、もっと大きかったのだろう。活計に追われていた私が手入れを怠って、見逃していたのだ。

刃切れはさまざまな刀の疵《きず》のなかでも、破断につながる致命の疵である。

あの朝、常秀を見分したとき、当然、寺崎氏はその疵に目を止めただろう。常秀で打ち合えば、当然、折れる。だから寺崎氏は常秀を、〝大いに気に入った〟のだ。

寺崎氏が最初から騒動を起こすつもりで、刀を取り替えようとしたのか、あるいは、取り替えることがまずあって、疵を見つけてから騒動を思いついたのか、それは分からない。

ただ、騒動の犯人となった自分を私に討たせるにしても、ただ勝ちを譲るのは、武人として抵抗があったにちがいない。

それを取り払ったのは、常秀の疵と見て間違いはないだろう。常秀を遣えば、尋常に勝負して討たれ、私の名を上げることができる。また、尋常な勝負でなければ、私にしても本身を抜けない。

騒動の舞台として書院番組組屋敷を選んだのは、たまたま近かったのと、人の口に上りやすいからだろう。

あるいは、寺崎氏は、常秀の疵に、己の死に場処を見たのかもしれぬが、私としては、礼がすべてと思いたい。

国元では、かつての同輩が語っていたように、御主法替えが断行され、御重役方ががらりと入れ替わって、私にも御召出《おめしだ》しの声が掛かった。

が、私は、寺崎氏の御礼を、無下《むげ》にするわけにいかない。

たとえ一年後、また人影のない道場に戻っていようとも、この三筋にとどまるつもりだ。

# 半席

「やってるかい」

溜《た》まっている人物調査の報告書を片岡直人《かたおかなおと》が一つ仕上げ、徒目付組頭《かちめつけくみがしら》の内藤康平《ないとうこうへい》に差し出しに行くと、康平は悪戯《いたずら》っぽい笑顔を寄越しながら言った。言葉とともに動かした手首は、釣竿《つりざお》を引く仕草になっている。めっきり冷え込むようになった本丸表御《ほんまるおもてご》殿《てん》中央の、徒目付の内所《ないしょ》である。

「いえ、ここしばらくは、竿とはすっかりご無沙汰《ぶさた》で」

こいつは危ないなと思いつつ、直人は答えた。このところの御用繁多《ごようはんた》は命じた当人が先刻、承知のはずだ。

老中、若年寄の耳目《じもく》となって働く徒目付だけに、ただでさえ職掌《しょくしょう》は広く、やることを挙げるよりも、やらぬことを挙げるほうが早い。とりわけ十二月は、幕臣に与えられる初めての官位である布衣《ほい》の叙任《じょにん》がまとめて行われるため、事前の人物調査の作業が集中する。

それが分かっていながら釣りの話題を振ってくるのは、直人の詰まった予定に笑顔で隙間《すきま》をこじ開けて、新たな御用を捩《ね》じ込むつもりなのかもしれない。

「こっちは、六日ばかり前に、六郷《ろくごう》で尺《しゃく》近い落ち沙魚《はぜ》を上げたぜ」

直人の用心にはとんと気づかぬ風で、康平は言葉を続ける。いくら直人が警戒しても、落ち沙魚のひとことを音にしさえすれば、途端に構えが緩むことを読んでいるのだ。

釣っても喰ってもいい沙魚だが、十二月に入ったこの時期、温かな深みで卵を産もうと棚を下り落ちる沙魚はとりわけ脂《あぶら》が乗って、型も七寸を楽に越える。船を仕立てて繰り出したいのは山々だ。遊びらしい遊びとは無縁な直人にとって、釣りは唯一《ゆいいつ》の息抜きと言っていい。

「本日は御用の手が切れず。そっちのお話でしたら、また御勤めを終えた後で伺いましょう」

とはいえ、今日に限っては、あっさりと撒《ま》き餌《え》を喰らう気になれない。

康平に渡したばかりの報告書で調べた人物の年齢はまだ二十五歳で、直人より三つも若かった。それでいて、この秋、勘定組頭《かんじょうくみがしら》に登用され、暮れには布衣の叙任を控えている。先代が勘定吟味役《かんじょうぎんみやく》まで務めた家の嗣子《しし》だけに、八年前の天明五年、いきなり御目見以上の勘定で出仕して実績を積み上げ、二十代の半ばで従六位の御役目を手中にした。

身分ちがいと言えばそれまでだが、身分ちがいだからこそ、安穏《あんのん》としてはいられない。小普請世話役《こぶしんせわやく》から徒目付に移って、もう二年。一刻も早く、自分も勘定所に席を替え、御家人の支配勘定から旗本の勘定へと駆け上がらなければならない。なにしろ、片岡の家は、半席《はんせき》だ。自分は無理でも、いずれ生まれてくるのであろう自分の子には、要《い》らぬ雑事に煩《わずら》わされることなく、御勤めだけに集中させてやりたい。

御家人から身上《みあ》がりして旗本になるには、御目見以上の御役目に就《つ》かなければならない。ただし、一度召されるだけでは、当人は旗本になっても、代々、旗本を送り出す家にはなれない。当人のみならず、その子も旗本と認められる永々御目見以上《えいえいおめみえいじょう》の家になるには、少なくとも二つの御役目に就く必要があるのだ。これを果たせなければ、その家は一代御目見《いちだいおめみえ》の半席となる。

片岡の家は、と言えば、元々は番方《ばんかた》で、父の直十郎《なおじゅうろう》の代に初めて小十人《こじゅうにん》入りを果たした。旗本としてはそれより下のない百俵十人扶持《ぶち》の歩行の士とはいえ、晴れて御目見以上に列せられたのである。初めて城中檜間《ひのきのま》に勤番した日は親類を上げて祝ったものだが、しかし、直十郎が就いた御目見以上の御役目は結局、小十人のみだった。

直人に代替わりする以前に、無役の小普請組《こぶしんぐみ》に戻されたのである。喜びに沸いたのも束《つか》の間《ま》、片岡の家は半席となり、子の直人は再び、小普請組からなんとかして這《は》い上がるところから、幕臣暮らしを始めなければならなかった。

それだけに、直人は旗本にならないわけにはゆかない。二度の御目見以上という条件は、父子《おやこ》二代に亘《わた》って達成してもよいことになっている。つまり、直人が目指す勘定所の勘定になったそのとき、片岡の家は半席を脱してれっきとした永々御目見以上となり、直人の子は生まれついての旗本となる。

そうはなっても小禄《しょうろく》旗本ゆえの苦労はつきまとうだろうが、それでも直人のように十二、三の頃から、力を持つ権家《けんか》へ顔を繋《つな》ぐための未明の逢対《あいたい》を、十年近くも続ける徒労は味わわずに済むだろう。

そのためには、とにかく目に付かなければならない。徒目付から勘定所への御役替《おやくがえ》が多いのは、どちらも仕事本位の役所だからで、自分たちが楽をするためにも、常に使えそうな人材に目を注いでいる。あらゆる機会を捉《とら》えて、その目に留まらなければならない。

布衣場《ほいば》へ上がる人物の調査報告書ひとつにも、手を抜いてはならないということだ。おざなりになりがちな仕事ほど気を入れて緩みなく仕上げれば、逆に目立って引きを得やすいだろう。直人はあらためて気持ちを引き締め、辞去の言葉を用意して、次の報告書に取り掛かろうとした。

「片岡にとっちゃあ、わるい話じゃねえと思うぜ」

その気配を読み取ったかのように、康平が言う。

齢《とし》は直人よりもひと回り上のはずだが、笑うと、同い齢のようにも見えて、なにを考えているのかよく分からなくなる。徒目付を目指す者の多くは、直人と同様、徒目付を勘定所への踏み台と捉えているのだが、康平からはそんな色気は微塵《みじん》も漂ってこない。役高二百俵と、さして恵まれてもいない徒目付組頭の席に、もう七年以上も居るらしい。直人がけっして、見習ってはならない上役だ。

「こういう言い方をすりゃあ分かっちまうかもしれんが、御勘定所の御頭《おかしら》を十年来務めなすったお方からの頼まれ御用だ。御役目を離れられてしばらく経《た》ってはいるが、いまの御勘定所の目ぼしい連中はみんなそのお方の子飼《こがい》みてえなもんだから、ここで恩を売っときゃあ、算盤《そろばん》いじくるようになるのも早まることになるんじゃあねえか」

旗本への未練を断ち切ることができさえすれば、徒目付はわるくはない御役目だ。どこにでも顔を出して、なんにでも手を着けるから、とにかく御用は面白いし、鍛えられもする。人の知らぬことをたらふく知ることになるから、身分を越えて頼りにもされる。つまりは、余禄《よろく》が大きい。

とりわけ、太い糸で繋がるのが各藩の江戸屋敷だ。御公辺《ごこうへん》から国の成立ちを守る江戸屋敷は、いざというときに備えるために、御用頼《ごようだの》みと称される協力者を、上は老中から下は小人目付《こびとめつけ》まで確保するのが常である。その御用頼みのなかでも要《かなめ》となるのが徒目付で、その気になって身を入れれば、見返りは、代々で築いた世禄《せいろく》を遥《はる》かに上回る。徒目付によく居るもう一つの典型が、この名を捨てて実を取る手合いだが、康平はそっちの範疇《はんちゅう》にも収まらない。

外から持ち込まれる頼まれ御用も、あらかたは皆に割り振る。上前《うわまえ》も取らずに、いちいち様子がいい。

旗本を狙《ねら》うでも、金に執着するでもなく、残ったごく狭い場処でふわふわと息をしている。時折、康平の傍《かたわ》らに居ると、こういう勤番暮らしもわるくないかもしれぬと思ってしまうことがある。果たして、算盤が本当に自分の手に合うのかと思ったりもする。そんなとき、直人は慌《あわ》てて、半席、半席と唱える。甘ったるい御託《ごたく》を並べていられる身分ではない。

「さほどの手間はかかんねえと思うぜ」

直人が針の周りに寄ってきたと見た康平が言葉を繋げる。このあたりの人を触《さわ》る塩《あん》梅《ばい》には、誑《たら》し込まれる側から見ても感心するものがある。

「言ってみりゃあ、喉《のど》に刺さった小骨みてえなもんだ。そのうちにゃあ取れんだろうと放っといたが、いつまでも疼《うず》いて、どうにも鬱陶《うっとう》しい。ひょっとすると、でけえ骨なんじゃあねえかと気に病《や》み出したってえとこだろう。なに、いまさら調べることなんてありゃしねえ。ちょこちょこっと動く振りして、診《み》てみたけど、やっぱり小骨でしたって言ってやりゃあいいんだ。心配には及ばねえ、直《す》ぐに、取れるだろうってな」

どんな御用にもけっして直人が手を抜かないことを見越して、康平が勝手なことを言う。

「どうだい。ざっと、話だけでもなぞってみるかい」

けれど、そのいい加減な物言《ものい》いも、直人は嫌ではない。半席で凝り固まった軀《からだ》が、思わず解《ほぐ》れる。真っ当なことを口にされたら、知らずに焦《じ》れる。康平に限っては、それを分かって与太《よた》を言っているような気がする。

「お願いいたします」

結局、直人は頭を下げる。

「じゃ、ちっと出るかい」

そう言ったときには、もう康平の腰は浮いていた。

二十日ばかり前に、表台所頭《おもてだいどころがしら》を務める矢野作左衛門《やのさくざえもん》が木場町の木置き場で水死した。筏《いかだ》の上で鱮《たなご》釣りをしていて、足を滑らせたらしい。

取り立てて、人の口に上るほどの事件ではないが、その一件だけは直人の頭の片隅にも残っていた。ひとつは、いずれは江戸釣りの粋《すい》ともされる冬の鱮釣りもやってみたいと思っていたから。そして、もうひとつの理由は、矢野作左衛門が八十九歳という高齢だったことだ。

その年齢を含めて、作左衛門には芳《かんば》しい噂《うわさ》がない。通常、高齢で現役を続ける者への悪評と言えば、御役目に軀が付いていかないという類《たぐい》のものが多いが、作左衛門の場合は逆で、元気過ぎた。あるいは、欲が強過ぎた。はっきりと吝嗇《りんしょく》と指差す者も居る。

表台所頭の役得を生かして、御城から大量の食材を持ち帰っていたようだが、矢野の屋敷のある本所竪川《たてかわ》の界隈《かいわい》で御裾《おすそ》分けに与《あずか》った家は一軒もないらしい。もう随分と前から、深川辺《ふかがわあた》りの料亭へ横流ししているという風評さえ立っている。

こうなると、臨終の間際《まぎわ》まで役料の百俵を掠《かす》め取るつもりだとか、御役目を退《ひ》くにしても、営々と勤め上げた者のみに許される老衰《ろうすい》小普請《こぶしん》になって小普請金《こぶしんきん》を払わぬ気だとか、いくらでも尾鰭《おひれ》が付いて回る。

当主の座にしがみつくことへの風当たりは吝嗇よりもさらに強い。

元々、作左衛門は矢野家の当主だった伯父の又兵衛《またべえ》が五歳になる信二郎《しんじろう》を残して急逝《きゅうせい》したことから、身代わりで矢野の家督を継いだ。

本来ならば、信二郎が成長し次第、速やかに自分の養子に迎え入れ、家督を返すのが筋なのだが、養子の手続きこそ取ったものの代が替わることはなく、もうあとひと月で信二郎は七十二歳を迎える。どちらが先に逝《い》ってもよい齢だ。

おのずと、信二郎が部屋住みのまま遅くなってもうけた息子の正明《まさあき》も、出仕の声が掛からぬまま二十九歳になり、さすがに我慢が利《き》かなくなったのか、家を飛び出して本所の法恩寺橋《ほうおんじばし》の界隈で荒れているらしい。

なのに、作左衛門はと言えば、正明のことなど目に入らぬ風で、隠居を願い出る様子など露《つゆ》ほどもないどころか、八十九歳という齢を意に介さず、次の御役目にも意欲を示して、当人は御納戸頭《おなんどがしら》か御広敷用人《おひろしきようにん》を狙っていたと聞いた。

さすがに、この件に関しては非難の矛先《ほこさき》は信二郎にも向いて、いくらなんでもだらしなさ過ぎるという声がもっぱらのようだ。信二郎は二十三のときに亀井《かめい》一刀流の目録まで行き、本来の矢野家の当主として嘱望《しょくぼう》されていただけに周りの落胆はより深かったのだろう。

理は信二郎のほうにあるのだから、とっくに面と向き合って白黒付ければよいのに、だらだらと時を無駄にして老いさらばえてしまった。自分は自業自得《じごうじとく》にしても、息子の正明のことを考えれば、やりようはあっただろうし、やらなければならなかったはずだ。

にもかかわらず、対決するどころか、作左衛門の言葉にいちいち素直に従って、問題を抱えている父子にすら見えない。なかでも、八十九と七十二の老人が連れ立って繁《しげ》く釣りに出向く姿は竪川界隈では有名で、近しい者たちは気持ちの通い合った二人の姿を目にするたびに溜息《ためいき》をつき合っていたようだった。

「それで……」

杯《さかずき》を伏せたまま、直人は言った。芝増上寺裏手、赤羽橋北の居酒屋である。酒が呑《の》めないわけではないが、話の輪郭をきっちりと摑《つか》むまでは、軀に酒は入れないようにしている。そこが喰い足らぬところだと康平は言うが、けじめはけじめだ。

「その御依頼のお方は、なにをお望みなのでしょうか」

辺りは上等とは言えぬ岡場所で、店の構えも周りと釣り合っている。けれど、酒は上酒で、肴《さかな》も滅法旨《うま》い。今日の売り物は、店主自ら釣ってきた落ち沙魚で、先刻まで泳いでいた沙魚ならではの淡い朱鷺色《ときいろ》を艶《つや》めかせた刺身を口に入れた瞬間、なぜ康平がこの店に連れてきたのかが分かった。

「それさ」

康平は、落ち沙魚の卵の塩辛を突ついている。卵巣の薄皮を破らずに四、五日ほど塩に漬けたもので、これはここに来なければ喰えないと何度も聞いたが、舌に乗せてみれば、それも納得だった。

「俺も幾度となくたしかめたんだが、どうにもそれがはっきりしねえ。知ってのとおり、事件は事故として始末された。あの日も作左衛門は信二郎と連れ立って寒鯊《かんたなご》を釣りに来ていて、筏から落ちる間際まで一緒に釣り糸を垂《た》れていたらしい。二人の事情が事情だから、当然、信二郎が疑われたっておかしかあねえわけだが、町方も当番の御目付筋も一応、問い質《ただ》す形はつくったものの、深くは追及しなかった。よしんば、作左衛門の死に信二郎が関わっていたとしても、それはそれでということだったのかもしんねえ。とにかく、事故にしときゃあ、万事、収まるところに収まるってことで落ち着いた。珍しく、異論を唱える奴《やつ》は一人も居なかったようだ」

「では、そのお方は、うやむやにされたままの事《こと》の真相をはっきりさせたいと……」

「俺も始めはそう思ったんだが、それがそうじゃあねえ」

康平は燗酒《かんざけ》を含んで、卵の脂を洗い流してから言った。

「そのお方も、事件は事故として扱うのがいちばんよいと言っておられた。仮に、今度の調べで事の真相に辿《たど》り着き、万に一つ、信二郎の関与がはっきりしたとしても、それを明らかにする必要はない、いや、明らかにしてはならんとな」

「では、なんで」

「そうと口にされたわけじゃあねえがな……」

ひとつ息をついてから、康平は続けた。

「俺は、儀式なんだろうって思ってる」

「儀式……」

「自分はただ眺めていたわけじゃねえと自分に言い聞かせるための儀式だ。御公辺の調べをただ受け容《い》れるだけでは、傍観していたことになっちまう。自分が関わって調べ直すことで、自分に落とし前を付けたいんだろう。放っておいたわけじゃねえ、やることはやったんだってな。その儀式を上げねえことには、なんとも尻《しり》が落ち着かねえんじゃねえか」

「そんな儀式をしなければならないほど、そのお方と矢野作左衛門の縁は深いということになりますね」

「そういうことになるな」

頼まれ御用も幾度となく経験しているが、これほど曖昧《あいまい》な依頼は初めてだ。大抵は金銭にしろ愛憎にしろ欲が絡《から》んでいて、つまりは分かりやすい。自分がなにをすべきかがはっきりしている。

ところが、今度の御用はいまひとつ軀が動きにくい。儀式だからこそ、きっちりと一つひとつ手順を踏んで真相を洗い出さなければならぬとは思うが、たとえ、取り調べとはちがう真相に行き着いたとしても、事故という結果が覆《くつがえ》るわけではない。直人とて、それでいいのだろうとは思う。でも、やはり軀は動きにくい。徒目付になって二年。直人も、そういう軀になってきている。

「どんな御縁なのでしょうか」

直人は伏せていた杯を返した。今度の御用は、酒でも入れたほうが理解しやすいのかもしれない。

「それが分からねえ」

康平は答えた。燗徳利《かんどっくり》を傾けて直人に注《つ》いでから、自分の杯も満たす。

「そのお方と矢野作左衛門では身分がちがい過ぎる。伝え聞く人となりも、あっちとこっちだ。作左衛門は名うての業突張《ごうつくばり》で知られているし、一方、依頼主は清廉《せいれん》で聞こえたお方だ。実際、御勘定所の時代も、その前に遡《さかのぼ》っても、接点は見当たらない。ただ、あのお方は旗本の出ではなく、小普請御家人からの叩《たた》き上げだ。片岡が歩みてえと願っている路《みち》を歩んできた御仁《ごじん》だ。そのあたりんとこで繋がってんじゃねえかとは思うが、いまんところはただの憶測でしかない。ま、おいおい、そっちも探ってみるつもりだ。といっても、あとは面と向かって聞くしかねえだろうがな。なに、ずっと話してこなかったからといって、この先も話さねえとは限らねえ。だんまりにも飽きることだってあんだろう」

そう言うと、康平は一気に杯を干した。そして、ここには芝魚《しばざかな》もあるんだぜと続けた。日本橋の魚河岸に届く魚は相模や房総物が多いのに対して、芝浜の雑魚《ざこ》場に揚がる魚は地の漁師がその日に船を繰り出した朝獲《あさど》れだ。

魴鮄《ほうぼう》がいいですよ、と店主が言い、じゃ、味噌椀《みそわん》にしてもらおうかと、急に笑顔になった康平が応《こた》える。旨いもんじゃなきゃいけねえなんてことはさらさらねえが、旨いもんを喰やあ人間知らずに笑顔になる、というのが康平の口癖だ。

笑みを消さぬまま、直人に顔を向けて、片岡、おめえはなんにする？　と問いかける。と、そのとき、康平が急に真顔になって、いけねえ、いけねえと続けた。

「肝腎なことを忘れてたぜ。他のことはともかく、そんだけは、はっきりと分かれば

ありがてえと念押しされていたんだ」

「なんです」

己の儀式のために御用を頼む者が、はっきりさせたいと望むこととはなんだろう。

「あの取り調べはみんな乗り気じゃあなかったが、一応、当番の小人目付が現場に居合わせた者たちの話を聞いた。片岡は鯛釣りはまだだったと思うが、冬の鯛は寒さを避けて浮いた材木の下に寄ってくる。で、釣っても喰えねえ豆みてえな小魚なのに釣り上げるには難儀する、真冬の鯛釣りこそ最上の釣りだと信じ込んでる連中が、一尺ちょっとの自慢の栈取竿《さんどりざお》を手にして木場町の木置き場に集まってくるってわけだ。つまり、二人の周りには釣り師がけっこう居た。そうはいっても、みんな目の前に垂れた糸だけに気を張り詰めているから、居ることは居ても大抵は見ちゃあいねえんだが、それでも二人が、まさに作左衛門が筏から落ちようとする寸前のところを目にしていたんだ」

「ほお」

「そんとき、作左衛門はどんな様子だったと思うね」

「さあ……具合がわるそうだったとか、そういうことでしょうか」

「具合はわるくはなかったんだ。それどころか元気そのものだった。なんと、奴《やっこ》さんは筏の上を走っていたんだよ」

「走っていた……」

「ああ、岸を背にしてな。筏の先に向かって走って、跳び込むように水に入ったらしい。依頼主がはっきりさせたいと言っているのはそこだ。なぜ、作左衛門は走っていたのかだ」

若い者でも足下《あしもと》がおぼつかない筏の上を八十九の老人が走っていた。たしかに依頼主ならずとも、なぜかを知りたくなる。なぜ走っていたのか。本当に走っていたのか。ひょっとすると、走らされていたのではないか……。

「その場には、信二郎も居たのでしょうか」

「そうくるよな」

康平は手酌で杯に酒を満たした。

「俺もそう考えた。そして尋ねた。そこに信二郎は居たのかってな。で、答を先に言うと、居なかったんだ。ずっと二人で釣り糸を垂れていたんだが、作左衛門が走っていたときには、もう姿がなかった。その少し前に、信二郎だけが帰ったらしい。作左衛門は信二郎が木場を離れたあと、やおら走り出して堀に跳び込んだってことだ」

ふー、と息をしてから、康平は続けた。

「もしも、信二郎が作左衛門を走らせたとすれば、信二郎は呪《まじな》い師で、呪文《じゅもん》でも唱えたってことになるわけさ」


とりあえず、直人は走る作左衛門を見たという二人を訪ねてみることにした。

布衣の叙任の日は迫っており、仕上げるべき人物の報告書の数は片手では足りない。あらためて木場町で聞き込みをかければ、あるいは別の証言も仕込めるかもしれないが、魚影の薄い海で気長に魚信《あたり》を待つ時間の余裕はなかった。まずは、確実に語るべき中身を持っている二人に話を訊《き》き直し、次に信二郎当人に面談を申し入れて素直に疑問を開陳《かいちん》し、それで埒《らち》が明かなかったら、そのときはそのときでまた策を講じることにした。

康平にそうと告げると、それでいいだろうと言い、直ぐに、そのほうがいいだろうと言い直した。儀式だからですか、と問うと、いや、そういうことじゃあなくって、と応え、取り立てて理由ってもんはねえが、すっきりと信二郎に当たったほうが景色が開けそうな気がするんだ、と続けた。事細《ことこま》かになぜかを並べられるよりも余程心強く、それだけで目の前を覆《おお》っていた厚い靄《もや》が、少しは薄くなったような気がした。

最初に向かった大伝馬町の太物屋《ふともの》、長川《ながかわ》の主人、六兵衛《ろくべえ》は、あらかじめ用件を伝えておくと、訪ねていった直人を待ちかねていたように奥の座敷へ迎え入れた。少しでも釣りに関わる話になると、途端に前のめりになるのが釣り師の習いだ。

「手前があのお武家様が走られるのに気づいたのは、それよりも前に近くを通りかかった際、手にされていた竿に惹《ひ》き付けられたせいでございます。それで、時折、ご様子を窺《うかが》っておりました」

「それほどの物だったのか」

釣竿のことは、そのとき初めて知った。

「それは、もう。片岡様は寒鱮はこれからということですので、少しばかり桟取竿のことを語らせていただいてよろしいでしょうか」

「こっちから頼む」

聞き取りは、訊きたいことだけを手際《てぎわ》よく訊けばよいというものではない。事件の筋からは遠くとも、相手が話したいことを存分に話させることで、言葉が言葉を引出す。そうして、まともに訊いたのではそこまで届かない深い場処から、本当に待っていた言葉が湧《わ》き上がってくることがある。

「釣り師はどんな釣り師でも道具を選ぶものではございますが、寒鱮の場合はまた格別のものがあります。と申しますのも、鱮という魚はあらゆる意味で、淡いからでございます」

「淡い……」

「はい、なにしろ、あの豆粒のような軀でございます。口も小さいし、餌《えさ》を吸い込む力も弱い。魚なのに長くは泳げない。元々、生きる力が淡いのです。その元々淡い鱮が、冬を迎えて、ますます動きが抑えられてくる。魚信もあるかないかで、申し上げてみれば、鱮釣りはその淡さを味わう釣りなのです。それが証拠に、我々は春から秋は鱮をやりません。暖かな季節は鱮もそれなりに動いて、餌もよく喰うので、そこに趣向がない。鱮の淡さが極まる冬を待ってこその鱮釣りなのです」

「なるほど」

頷《うなず》いて、出された茶を含むと、とびきりの上物だった。釣り師は釣り師でも、こういう贅《ぜい》を知り尽くした釣り師が、最後に行き着くのが寒鱮ということなのだろう。

「おのずと道具も、寒鱮の極め付きの淡さと渡り合えるものでなければなりません。他の魚相手の道具はまったく役に立たず、とりわけ竿は独特の形になりました。わずか一尺余りの細く短い竿を五本継ぎ、六本継ぎでこさえ、さながら箸《はし》を持つように、親指と人差し指、中指の三本で支える栈取竿が編み出されたのです。その生みの親とされる人物が蔵前に店を構える蕨屋利右衛門《わらびやりえもん》で、それまでの竿が穂先の三分しか撓《しな》らない先調子であったのに対して元から大きく撓り、寒鮒の微《かす》かな魚信をも察知できるようになりました」

六兵衛はもうすっかり太物屋の主《あるじ》ではなく、釣り師の顔になっている。

「浅草《あさくさ》の東作《とうさく》なども元調子を謳《うた》ってはおりますが、利右衛門とは比べるべくもありません。また、利右衛門は利右衛門でも、竹や鯨の髭《ひげ》をはじめとする材料はすべて生き物ですので、やはり出来、不出来がございます。あのお武家様の竿はもう利右衛門のなかの利右衛門で、惚《ほ》れ惚《ぼ》れするような元調子を描いておりました。銀や象牙《ぞうげ》などの高価な飾り物は用いておりませんが、その恬淡《てんたん》とした佇《たたず》まいが寒鮒と釣り合ってまたいい。失礼ながら、いかほどならばお譲りいただけるものかと、勝手に想《おも》ってしまったほどでございます」

語りながら、その利右衛門のなかの利右衛門を思い出したのか、大きく溜息をついてから六兵衛は続けた。

「それで、非礼とは存じつつ、時折、お二方のご様子を盗み見していたのでございますが、そのうち魚信が出だして手前も興に乗ってしまい、しばらくは目を向けることなく釣りに没頭しておりました。そのうちふっと思い出し、再び目を遣《や》ってみると、連れのお武家様の姿が見えません。ああ、帰られたのかなと思い、あるいはお一人になられたこの機を捉えて、お声掛けなどしてみようかと、水面《みなも》を見るともなく見ながら、またぞろ、よからぬ企《くわだ》てを巡らせていたとき、あのお武家様が突然、筏の上を走り出したのでございます。いや、それはもうびっくりいたしました。いったい、なにごとが起きたのかと」

「そんときの作左衛門の様子はどうだった」

「様子、と申されますと」

「いや、同じ走るでも、どんな風に走っていたのかってことだ」

「そうでございますね……」

遠くを見るようにしてから、六兵衛は言った。

「少し離れてもおりましたので、果たしてこういう言い方が当を得ているのかどうかは存じませぬが、犬が嫌いなお方が犬に追いかけられているような、そんな慌て方と手前はお見受けしました」

「で、そんとき、作左衛門の周りには誰も居なかったのだな」

「はい、あの筏についていては、連れのお方が帰られたあとは、あのお武家様お一人だけでした。お声掛けの機会を窺っておりましたので、それはたしかでございます」

「走り出す間際は見たのかい」

「いえ、申し上げたように、そのときはしばし目を切って企《たくら》み事《ごと》をしていたものですから、走り出す前は目にしておりません。手前が見たのは、走り出したあとからでございます」

「そろそろ終《しま》いにするが、作左衛門が走っていたとき、お前がご執心のその竿は手にしていたか」

「いえ……そうか……そうでございましたね」

言われてみて初めてそのことに気づいたような表情を浮かべると、おもむろに腕を組み、しばし思案してから、六兵衛は唇を動かした。

「水に落ちてからは仰天しておりましたので、竿のことはすっかり忘れておりました。しかし、いま、振り返ってみると、手にはされていなかったように思われます。いまは、あの竿はどのようになっておるのでしょうか。やはり、御屋敷にあるのでございましょうか」

「さあ、誰も釣竿のことなど気にも留めておらなかったのでな。しかし、今日、そうと聞いたので、たしかめてみよう」

「あるいは、いまもあの筏にあるやもしれませんな」

六兵衛は本当に、いまにも捜しに行きそうだった。尋常ではない惚れ込みようである。その様子が直人に、最後の問いを口にさせた。

「正直なとこを聞かせてほしいのだが、もしもお前があの竿を買い取るとしたら、いったい幾らまでなら払ってもいいと思っている」

「わたくしは締まり屋ですので、そうそうは出せませんが……」

二度、三度、首を捻《ひね》ってから続けた。

「それでも、百両でしたら直ぐにでも用意をさせていただくでしょう」

続いて会った二人目の目撃者、川村《かわむら》至《いたる》は知った顔だった。永坂《ながさか》藩七万石江戸屋敷の留守居役で、去年、大名行列の典礼の件で相談に乗ったことがあった。

既に顔は繋いであるので、上屋敷に出向くと直ぐに座敷に通され、挨拶《あいさつ》もそこそこに本題に入る。大伝馬町の六兵衛が百両ならばあの竿を買うと言ったことを告げたときは、吐き捨てるような調子で、あのしぶちんが、と声を洩《も》らした。六兵衛と至は、やはり鱮釣りで以前から繋がっているようだった。

「百両などというものではござらぬ。少なくとも、その倍の価値はあり申す。そのように六兵衛が見誤るのも、あの竿を蕨屋利右衛門の作と思い込んでいるからでござろう」

「そうではないのですか」

「ちがい申す。それがしは、以前、矢野殿から直《じか》に伺ったので、まちがいはござらぬ。あれは、利右衛門の師である本所の御家人、斉藤武兵衛《さいとうぶへえ》の作でござる。利右衛門の竿ならば、いまも店で買い求めることができ申すが、名人で聞こえた武兵衛は既に鬼籍《きせき》に入っておりますれば、限られた僅《わず》かな竿を奪い合うことになる。おのずと、値が跳ね上がることになり申す」

その後も延々と至は語ったが、あらかたは竿についてで、竿以外の話の中身は六兵衛とほとんど変わらなかった。

やはり、至も作左衛門が走り出す間際は見ておらず、そして、あの竿がいまどこにあるかとなると、途端に執着を露《あらわ》にした。二人にとっては作左衛門の死よりも、作左衛門が手にしていた桟取竿のほうが重いことは明らかだった。

それでも、二人が竿を語るときの熱っぽさに触れるうちに、直人はだんだんと、その竿の在処《ありか》を隠している濃い靄が薄れていくような気がした。

すっかり晴れたのは、永坂藩上屋敷を辞去して通りの最初の角に差し掛かった頃で、それが見えてみると、なぜ作左衛門が走り出したのかも、そして、この件が事故だったのかどうかも、あらかたが見渡せるのだった。

直人は立ち止まって、大きく溜息をついた。あとは、矢野信二郎に直接会って、自分が辿り着いた景色が、誤った仮説の幻影なのかどうかをたしかめるだけだったが、どうにも気が進まず、むしろ、無理筋であればよいとすら思った。

解決の緒《いとぐち》を摑んだのに喜びが伴わないのは、徒目付になって初めてだった。

その三日後、あらかじめ書面で面談を申し入れた上で、本所竪川の矢野家の屋敷へ出向くと、信二郎自ら玄関に立って、お待ちしておりました、と言った。

亀井一刀流の目録を取ったとはいえ、作左衛門に唯々諾々《いいだくだく》と従ってきたことからすれば、それこそ寒鯏のように淡い、小柄な老人を想像していたのだが、実際に目にしてみれば、随分とちがった。背丈はさほど高くないものの、廊下へと向かう背中はいかにも膂力《りょりょく》の強さを感じさせてとても七十二歳には見えず、小ぢんまりとはしているけれども由緒《ゆいしょ》ある、形稽古《かたげいこ》の道場の主のようだった。

屋敷も、想っていた佇まいとはかけ離れていた。高価な食材を大量に横流ししているという噂が直人の脳裏に描かせた矢野の屋敷は、贅を尽くしたきらびやかな豪邸だった。けれど、訪れてみれば、外から眺めても、中へ通されても、役高二百俵の幕臣の屋敷でしかなく、直人はこの想いちがいのように、自分の書いた竿の在処の筋も外《はず》れてくれればいいと思いながら、客間へ案内する信二郎の背中に付いていった。

「失礼ながら……」

座敷に着いて、ひととおりの挨拶を済ませると、直人は言った。

「もっと、豪壮な御屋敷かと思っておりました」

その日、直人は、思ったことをそのまま口にすることにしていた。技は使わず、信二郎と正対することにしていた。

それが信二郎から真の筋を引き出す唯一の方法であり、また礼儀でもあると思った。

「横流し、ですか」

淡々と、信二郎は言った。

「父子ですので、わたくしは父が横流しをしていたとは思っておりませんが、根拠はありません。ご不審でしたら床下なりどこなりお調べください」

いきなり非礼を述べたにもかかわらず、信二郎の口調は抗《あらが》うでも挑むでも、嗤《わら》うでもなかった。長過ぎる部屋住みを余儀なくされた者は、ほぼ一様《いちよう》に気持ちの底に厚く澱を溜める。けれど、この人物からは、そこに踏み込めば舞い上がって一切を見えなくするものがまったく伝わってこない。

「いえ、本日の用向きは、書面で申し入れさせていただいたように、御父上の事故についてですので」

微かな混乱を隠しながら、直人は言った。

「承知いたしております。ご随意にお尋ねください」

信二郎の振舞いは変わらない。必要なことを、必要なだけ言葉にする。

「最初にお訊きしたいのは、御父上が筏の上を走り出したとき、矢野殿がどこにいらしたかです。あのときは一緒ではなかったのですね」

「一緒ではなかったが、まだ間近には居《お》りました。わたくしが木置き場を離れて直ぐに、父は走り出したのです」

「なぜ、離れられたのでしょうか」

「腹を立てたからです」

「腹を立てた……。貴公がですか。御父上がですか」

「わたくしです」

「なぜでしょう。なんらかのきっかけがあったのでしょうか」

あまりに包み隠すことなく信二郎が話を進めることが、直人を戸惑わせる。すこぶる快い路の向こうに、手痛いしっぺ返しが待っていそうな気がする。けれど直人は、このまま突っ走ろうと思った。このまま突っ走れば、どんな景色が見えるかはともあれ、必ず視界は開ける予感があった。

「ありました。刀です」

「刀……」

「埋忠明寿《うめただみょうじゅ》の脇差《わきざし》です。ご存知でしょうか」

「いえ」

役方《やくかた》である勘定所の勘定を目指そうと決意したときに、直人は刀剣への関心を封印している。

「刀剣は慶長よりも前か後かで、古刀と新刀に分かれます。明寿はこの新刀の始祖とされる刀匠ですが、元々が専業の刀工ではなく、鍔《つば》や頭金《かしらがね》などを手がける金工だったこともあって、刀剣としての評価は一様ではありません。ですが、わたくしは明寿を好みます。冴《さ》え冴《ざ》えと澄み渡った地鉄《じがね》や刃文《はもん》を軽いとする声もありますが、わたくしの目にはただひたすら明晰《めいせき》で美しいし、なによりも、明寿は他のどの刀にも似ていないからです」

「それほどにちがいが出るものですか。たとえば、それがしでも、そうと分かるほどに」

「一目瞭然《いちもくりょうぜん》、でしょう。生易《なまやさ》しいちがいではありません。明寿は材の鋼《はがね》の鍛え方からして異なるのです。水挫《へ》し法と言って、まずは薄く打ち延ばした鋼の塊を水で冷やし、よくない物を取り除きます。さらに、それを小分けにして特によい物だけを選び、その特によい物を積み重ねてまた鍛えるのです。どの明寿を見ても地鉄に斑《むら》がなく、清《せい》澄《ちょう》なのは、この元々の秀《ひい》でた鋼に依《よ》っています。銘刀は他にも幾らでもありますが、どれにも似ていない刀と言えば明寿に尽きる。その埋忠明寿の脇差を、父が帯《お》びておりました。家督を引き継ぐときには、明寿も譲ると言ってくれていたのです」

「当然、待ち望んでいらした」

「わたくしは家督はどうでもよかったが、明寿は欲しかった。父の腰にある限り、いつでも自由に明寿の鋼を愛《め》でるというわけにはゆきません。自分の物にして、あの清澄さを心ゆくまで味わい尽くしたかったのです」

「これは、それがしの勝手な推量ですが……」

直人は敢《あ》えて、言葉を挟んだ。

直人の立てた筋では、武兵衛の竿はいまも木置き場の水面に漂っている。おそらくは、信二郎が投げ入れたからだ。作左衛門が拾いに行くのを承知して。

そして、そのとおり、作左衛門は息せき切って拾おうとした。太物屋の六兵衛が
「犬が嫌いなお方が犬に追いかけられている」と言ったように、筏の上を慌てて走った。

「御父上はその明寿を売って、斉藤武兵衛の桟取竿を手に入れたのではありませんか」

ただ、直人の筋では、信二郎が竿を投げた理由が埋まっていなかった。老人になるまで部屋住みを強いられた積年の怨《うら》み、などというのでは、いかにも当り前に過ぎる。たとえ根底にはそれがあるにしても、いまになって我を忘れるには、そうせざるをえなかった、止《や》むに止まれぬ理由があるはずだ。もしも、作左衛門が埋忠明寿を処分したとすれば、十分にその理由になりうる。

「武兵衛の竿をご存知ですか」

薄い線を描いていた信二郎の瞼《まぶた》が、僅かに開いた。

「売ったのではありませんが、同じようなものです。父は明寿の脇差と武兵衛の竿を交換したのです」

「それで、貴公は腹を立てた」

当たってしまった、と、直人は思った。

「それで、というのとは、いささかちがいます」

表情を変えなかった信二郎が、そのとき初めて遠くを見るような目をした。

「既に明寿がないことを知ったわたくしの気持ちは、怒りというよりも、当惑や混乱といったものでした。明寿を愛でて日々を過ごすことは、この齢になってしまったわたくしにとって、唯一、想い描くことのできる将来だったのです。その、唯一の将来が消えてしまって、わたくしはどうすればよいかと、ただおろおろしておりました」

「腹を立てていたわけではなかったということですか」

「腹を立てる余裕もなかったのです。何者かに火で炙《あぶ》られたとしたら、怒るよりも先に悲鳴を上げるでしょう。わたくしは悲鳴を上げていたのです。熱い、熱いと、喚《わめ》き立てておったのです。その気持ちが怒りへと変わったのは、父が滔々《とうとう》と武兵衛の竿の自慢話を始めたときです。父はわたくしが上げる悲鳴がまったく聴こえていなかった。わたくしが明寿に惹き付けられていたことも、そして、家督を引き継ぐときには明寿も譲ると自分が言ったことも、すっかり忘れていたのです」

本所横川町の、朝四つを知らせる刻《とき》の鐘が遠くに聴こえた。

「さすがに、わたくしの口からは詰《なじ》る言葉が出ました。といっても、責め立てたわけでも、譲ってくれるはずではなかったかと詰め寄ったわけでもありません。わたくしはただ、武兵衛の竿の自慢話を止めたかったのです。ところが父は、逆にわたくしを誹《そし》りました。なんのかのといって、結局は、家督を継ぎたくなったのではないか。お前はずっと家督には興味がないと言ってきたのに、あれは嘘《うそ》だったということかと声を荒らげたのです」

「それは、それがしも伺いたいところです。ほんとうに家督はどうでもよかったのでしょうか。得心《とくしん》して、長く部屋住みのままでいらしたのでしょうか」

「得心していると、信じておりました。父とわたくしのどちらが、表台所頭の席の座りがいいかと言えば、まちがいなく父です。父はその御役目に意欲を持つことができますが、わたくしはまったく関心が持てません。わたくしは表台所頭に限らず、あらゆる御役目を疎《うと》ましいと感じる者なのです。家督を引き継ぐべき時期などに囚《とら》われることなく、得意なほうが御役目を続ければよいと思っておりました。明寿ではありませんが、世の中のどの父子にも似ていない父子でよいと考えていたのです」

語りは変わらずに淡々としていた。直人には信二郎が、これまで一度も見知ったことのない人物に映った。

「世間並みを破ることは、この世では罪ですので、先程の横流し等の風評が広がることになりましたが、それは互いに、当然の代償と捉えておりました。けっして世の中に理解されないことが、逆に、父とわたくしの紐帯《ちゅうたい》を強めていたように思われます。父とわたくしは父子であると同時に、仲間でした。ですから、あのときも、わたくしは埋忠明寿が欲しかったのであって、家督を望んだわけではないことは、当然、分かってもらえると信じておったのです。なのに、父は家督が欲しくなったのだろうと誹りました。あまりに通り一遍の世間の言葉で、わたくしの罪を糾《ただ》そうとしました。その老いた声を繰り返し耳にしているうちに、己の半生に対して無性《むしょう》に腹が立った。理屈もなにも霧散して、ただ腹が立ちました。あのとき、わたくしの埋忠明寿は、完全に消えたのです」

自ら淹《い》れた茶をひと口含んでから、信二郎は続けた。

「その怒りはあまりに激しくて、放っておけば、自分でもなにをするか分からないほどでした。それで、とにかく一刻も早く父の側《そば》から遠ざからなければならないと、わたくしはあの筏を離れることにしたのです。そのくらいの分別は、まだ残っていたということなのでしょう」

「その去る間際、矢野殿はなにかをしませんでしたか」

そのときだろうと、直人は思った。信二郎はなにをするか分からなかったのではなく、実際に、したのだ。

「なにか、とは」

「思わず、武兵衛の竿を、投げてしまったのではありませんか」

直人は、あなたが矢野作左衛門を殺したんでしょう、と言っていた。

「ああ、そういうことですか」

けれど、信二郎は気色《けしき》ばまず、むしろ柔らかい目をして言った。

「わたくしは投げておりません。でも、おっしゃるように武兵衛の竿が投げられたのはたしかです」

「矢野殿ではないとしたら、では誰が……」

直人は気を集めようとしたが、考える間もなく、直ぐに、その人物に思い当たった。

「まさか、御父上が……」

「その、まさかです。さんざ、わたくしを誹ったあとで、父はわたくしに家督は譲らんぞと言いました。譲れんのだ、とも言いました。そして、唐突に、飯《めし》が旨いのだ、と言ったのです」

「飯が旨い……」

「齢を喰ったら飯の味などどうでもよくなるのだろうと思っていたら、まったくそんなことはなく、八十九になっても飯が旨いのだそうです。百になっても、きっと旨いのだろうと言いました。飯だけではなく、他の諸々《もろもろ》についても、己の内側では、若い頃とほとんど変わることがない。御用は面白いし、褒《ほ》められれば嬉《うれ》しい。まだ他の御役目も務めてみたい。だから家督を譲りたくても、生きている限り、譲れそうにないと語っておりました。そう言ってからやおら立ち上がり、武兵衛の竿を縮めて水面へ投げ入れたのです。怒りが冷めないわたくしは、その振舞いの意味が分からず、申し上げたように一刻も早く一人にならなければと、筏を離れました。そのあとで、父は走り出したのです」

承知して竿を投げていながら、実際に武兵衛の竿が水面に漂ってみれば、なんとしても拾い上げようとしてしまう。そういう自分を、作左衛門は分かっていたのだろう。

そして、生きている限り家督を譲らない自分をも分かっていた。だからこそ、作左衛門は竿を投げたのだろう。そのようにして代を、替わろうとしたのだ。直人は己の考え足らずに気落ちしつつも、安堵《あんど》していた。

「筏をあとにしたわたくしは一度も木置き場を振り返りませんでした。けれど、いまになってみれば、わたくしは背後でなにが起きているのかを分かっていたような気がします。分かっていながら、足を停めず、踵《きびす》を返さなかった。わたくしは竿を投げなかったけれど、責められるべきという点では同罪です。片岡殿に調査を依頼されたお方に、そのようにお伝えください。また、矢野信二郎は感謝していたとも、お伝えいただければ幸いです。わたくしからすれば、そのお方は、わたくしに再度の陳述の機会を与えるために、そうしてわたくしを楽にさせるために、調査を頼まれたような気さえいたしております」

「最後にもうひとつだけお尋ねしてもよろしいでしょうか」

「どうぞ、なんなりと」

「矢野殿はなにゆえに、そのようにすべてを曝《さら》け出されるのでしょうか。じっと黙《もく》されていても、誰も指を差す者は居ないと存じますが」

「じっと黙そうと思っておりました」

信二郎は明らかに、あらかたの重荷を下ろしたように見えた。

「あの日以来、毎日、己に言い訳をしておりました。分かっていながら後ろを振り返らなかったのは自分のためではない。息子の正明に代を譲るためだ、と。私欲ではなく、矢野の家のために振り返らなかったのだと」

そして、いま、最後に残った荷を下ろそうとしているのだった。

「しかし、日を経るほどに、それは嘘であることが分かるのです。生まれて以来、ずっと相対するだけだった当主の座に座ってみれば、見える景色がまったく変わって心《ここ》地《ち》よく、正明のためではなく自分が代を継ぎたかったのが赤裸《せきら》裸《ら》になりました。父の言ったことは正しかった。父のようになりかねない己が、そこに居たのです。けれど、ようやく、俗物のおかしみを知ることができたわたくしは、自ら嘘だとは口にできません。ですから、片岡殿から書状を頂いたときは、ほっといたしました。これで話せる、これでもう嘘はつかずに済むと思いました。片岡殿と、そのお方には、幾ら感謝申し上げても足りません」

自分の書いた筋が外れたのを、片岡直人は徒目付になって初めて喜んだ。

そして、こんな人臭《ひとくさ》い御用が三つも続いたら、内藤康平の二の舞になっちまう、と思った。

その翌朝、矢野信二郎が木場町の木置き場の筏から落ちた。

認めた者のなかには筏師《いかだし》も居て、直ぐに鳶口《とびぐち》を手にして落ちた場処に駆けつけたが、信二郎の軀は浮かんでこなかった。真冬の江戸の水は冷たく、流れる川さえ氷る。落ちたら直ぐに心の臓は止まっちまうと、筏師は言った。

直人たちにしてみれば、見ていた者たちが、あれは足を滑らせたんだよと、口を揃《そろ》えたのが、せめてもの救いだった。

ずっと、腰を屈《かが》めて筏の上を歩き回って、なにかを捜しているみたいだったからね、と彼らは言った。

危ないなとは思っていたんだ。そしたら、案の定あんなことになって。結局、捜し物は見つからなかったみたいだね。

その夕、内藤康平と、赤羽橋北の居酒屋で二人だけの供養《くよう》をした。突き出しだけを肴に、揃って黙々と杯を傾け、空の燗徳利を並べた。

きっと信二郎は、自分が作左衛門にならないための手立てを夜通し考えていたのだろう。眠らぬまま夜明けを迎えて、木場町へ出向いたのだ。

筏の上を歩き回っていたのは、あの世で作左衛門に竿を返そうとでもしたのか……。

その様子を想うと、幾ら呑んでも酔いは回ってこなかった。

今日はいろいろ揃えているんだけどなあ、という店主の声も耳に入らずに酒だけで居座り続け、一刻《とき》が過ぎ、二刻が過ぎ、三刻が過ぎて、四つ半の鐘の音が聴こえた頃、不意に康平が、ああ、この前、片岡が訊いてきた縁の話なあ、と言った。

「はあ……」

直ぐには、なんのことか分からなかった。

「ほれっ、あの依頼主と、矢野作左衛門の御縁の話さ」

「ああ」

そう言われれば、たしかに訊いた。依頼主が、己への儀式を上げなければならないほどに深い縁とは、どのようなものなのだろう、と。

「分かったぜ」

「話されたんですか、依頼主が」

直人はまた矢野信二郎を思い出した。信二郎も話したがっていた。話を訊かれるのを待っていた。依頼主も、そうだったのかもしれない。

「ああ、逢対《あいたい》の関わりだってよ」

「逢対、ですか……」

「片岡も、逢対はさんざやったんだよなあ」

「ええ」

できるなら思い出したくはない記憶だった。無役の小普請から抜け出すために、十二、三の頃から大人たちに交じって、未明の権家の屋敷に日参した。小普請組頭はもとより、徒頭《かちがしら》、評定所留役、勘定奉行……子供なりに頭を絞って、考えられるあらゆる屋敷を回った。

まだ暗いうちから、一刻ほども門前に並び続け、野菜を並べるようにして、十把一絡《じっぱひとから》げに座敷や廊下に通される。そこでまた、登城前の要人が姿を現わすのをじっと待つ。ようやくそのときが訪れても、こちらから声を発するのは禁じ手だ。ただひたすら黙って座り続けて、顔を覚えられ、向こうから声が掛かるのを待つのである。

その辛抱に五年、十年耐え続けても、実を結ぶことはほとんどない。それでも、そうする以外に、無役から這い上がる路はなかった。あの頃の焼き尽くすような焦燥を思い出せば、辛抱できないことなどなにもないと、いまも折りに触れて思う。

「あのお方が十二で逢対を始めた頃に、ある権家の屋敷前の行列で、声を掛けてきたのが矢野作左衛門だったらしい。よほど不憫《ふびん》に見えたのかどうかは知らねえが、無視され続けても平静を保つための心構えや、回るべき屋敷、また、その順番など、こと細かに導いてくれたそうだ。もしも、あの指導がなかったら、今頃、自分はどうなっていたか分からないと言っておられた。齢を喰ってみて初めて、人がどう転ぶかは、あらかた運であることに気づくそうだ。もっと早く気づけばよかったが、とも口にされていたよ」

そんな話を聞いていたら、康平の二の舞になっちまうと、直人はまた思う。が、このときばかりは、半席を唱えることはなかった。

# 春山入り

「古刀でございますか」

結城屋利兵衛《ゆうきやりへえ》は言った。

「いや、たしかに古刀を見たいとは言ったが……」

原田大輔《はらだだいすけ》は言葉を濁した。島守藩《しまもり》六万石の城下、山津《やまつ》にある刀商、結城屋の上り框《かまち》の前である。

「古刀でなければ、というものでもない。実は、これといった心積もりがあるわけではないのだ」

古刀は、慶長よりも前の、槍働《やりばたら》きが生きていた時代に鍛えられた刀である。おのずと武用刀が多く、腰にずっしりと重みがかかる。戦が絶えて二百年近くが経《た》った天明の世で、わざわざ古刀を求める者はよほどの酔狂と言っていい。

「なんとはなしに、覗《のぞ》いてみたくなってな。商いの邪魔をするようだが」

が、語る大輔の様子は酔狂からは遠く、時折、屈託が洩《も》れた。

「原田様なら、いつでも大歓迎でございますよ。それに、このご時世では差料《さしりょう》を求められるお客様もめっきり減っておりまして、ご覧のように閑古鳥《かんこどり》が鳴いております。ま、とにかくお上がりくださいませ。さ、さ、どうぞ」

「では、遠慮なく邪魔をさせてもらおうか」

結城屋とは、もうかれこれ三年の付き合いになる。城下で中川《なかがわ》派一刀流を導く松本《まつもと》道場より、三十の手前で取立免状を許された頃から縁が始まって、出物の刀が入ると声がかかるようになった。

客と見ているわけではない。真贋《しんがん》の目利《めき》きを頼まれるのでもない。ただ、振ってみての手応《てごた》えを求められる。刀が腰の飾りとなりかけている天明の世とはいえ、地肌だ、沸《にえ》だ、匂《におい》だのと、見た目の興《きょう》を語るだけでは刀商いはできないと店主の利兵衛は言った。刀は刃《は》味《あじ》に尽きる、と。

「ちょうど、お声がけさせていただきたいと存じておったところなのです。原田様のほうからお寄りいただけて、格好でございました。実は、滅多には手の届かぬ一口《ひとふり》がひょんなことから入りましてな」

座敷に入るや、挨拶《あいさつ》もそこそこに、顔を綻《ほころ》ばせて言う。直《す》ぐに、いそいそと軀《からだ》を返して刀簞笥《かたなだんす》に向かった。

元を辿《たど》れば、結城屋の家は地付きの武士だったらしい。先祖の血が脈を打つのか、あるいは、山津でも指折りの船問屋を息子に任せているからか、傍目《はため》から見る限り、好きが高じて集めた刀を、大手を振って自慢するために店を構えたとしか思えない。どう考えても六万石の貧乏藩では買い手がつきそうにないたいそうな刀を、牛蒡《ごぼう》を求めるように仕入れる。すっかり心張り棒が外《はず》れた顔つきからすると、きっとまたそんな一口なのだろうと思っていたら、案の定だった。

「いかがでございますか」

刀簞笥から取り出した一口を大輔に手渡すと、本身《ほんみ》が光に晒《さら》されるのを待ち切れないように唇を動かす。言葉は一応伺いを立てているが、その実、早く褒《ほ》めろと言っている。

「見事な濤瀾刃《とうらんば》だな」

鞘《さや》を払った大輔は言う。実際、呆《あき》れるほどに見事な濤瀾刃だ。薄明《はくめい》の空のごとき地肌に浮かび上がる、大波のうねりのような刃文《はもん》は、吠《ほ》えるようでもあり、しんと鎮《しず》まり返っているようにも映る。濃い朝靄《あさもや》の海に、音もなく荒波が舞う。

これまでにも結城屋のお陰で、百五十石取りの小国の藩士が手にできるはずもない名だたる濤瀾刃の匠《たくみ》の業《わざ》に触れてきた。が、目の前の一口は、それらのどれよりも景色が深い。

「津田越前守助広《つだえちぜんのかみすけひろ》でございますよ」

大輔の顔つきに満足したのか、利兵衛はとくとくと語る。

「津田越前守……」

記憶に残っている津田助広は、山城伝《やましろでん》の中直刃《ちゅうすぐは》の名手だ。山深くの、湖面のごとく静謐《せいひつ》な刃文を得意とする。

「本家でございますよ！」

焦《じ》れたように、利兵衛は言った。

「本家本元でございます。お忘れでございますか。初めて濤瀾刃を作刀したのが、津田越前守助広なのでございますよ。中直刃の名手として聞こえた匠が、四十の半ばで亡《な》くなる間際《まぎわ》に大波の刃文を創《つく》り出して、刀剣史に残る大仕事を成し遂げたのでございます。ささ、早速、振ってみてくださいませ」

「ああ」

得心《とくしん》がいって、大輔は助広を腰に差す。利兵衛がそそくさと座敷の角《すみ》に控えたのを見届けてから、あらためて鯉口《こいくち》を切り、腰を捻《ひね》って鞘を引いた。

刀の目利きには、銘の真贋を見抜いて折り紙をつけるいわゆる目利きと、〞折れぬ曲がらぬ斬《き》れる〃を見極める武家目利きがあるが、大輔に求められているのはそのどちらでもない。

気を入れて剣に精進した者ならば、誰もが己の軀に刃筋を埋め込ませている。わざわざ頭で想《おも》い描かずとも、軀が覚えていて、抜いて振れば、そこに己の想う刃筋が描かれる。そのように技と軀を研ぎ上げた剣士が刀に求めるものはただ一つ、己が刃筋を邪魔しないことだ。

そして、邪魔をしない刀であるかどうかは、切《き》り手《て》を柄《つか》にかけて鞘を引いたときに、おおむね分かる。抜き切って、打ち手を添え、手の内をつくれば、両の指と掌《てのひら》があらかたを察する。振ってみるのは、それを確かめるためと言ってもよい。

大輔の場合、打ち手の小指の外《ほか》には力を送らない。きつく握れば、刃筋が寝る。勢いが失《う》せる。ひとことに尽くせば、勢いが溜《た》まる手の内をつくることができれば、それは刃筋を邪魔しない、良い刀である。そのことだけを、利兵衛に伝える。

「さ、忌憚《きたん》なく、お声をお聞かせくださいませ。どうぞ、ご遠慮なく」

納刀《のうとう》するのを待ち構えていたように利兵衛が言う。忌憚なく、とは言っても、褒め上げなければ旋毛《つむじ》を曲げることは目に見えているのだが、今日は無理に言葉を探す必要もない。

「いい具合だ」

利兵衛に助広を戻しながら、大輔は素直に言った。

「見てのとおり殺《さつ》が伸びる。気持ちよく手の内をつくることができる」

「さようですか」

最上の褒め言葉を口にしたつもりなのだが、なぜか利兵衛は満足していない。

「もしも、なにか気に掛かるところがおありならば、おっしゃっていただいたほうが……」

言葉はいつものとおりでも、熱が足らないのを察したようだ。きっと、感嘆の言葉が迸《ほとばし》るのを疑わなかったのだろう。

「いや、気になるところなどない。見た目と釣り合って、振った具合も見事なものだ。さすが、津田越前守助広。感じ入った」

「ならば、よろしいのでございますが」

利兵衛の顔は、納得とは程遠い。はて、どのように言葉を足したものかと思案して、なんとはなしに座敷を見回したとき、片角に妙な刀が立てかけてあるのを認めた。通常の刀よりも、明らかに柄が長い。

「あれは？」

刀としての姿は、明らかに破綻《はたん》を見せている。どうにも格好がつかないのに、目はその一口に引きつけられたまま離れない。それどころか、振ってみたいという想いがふつふつと湧《わ》き上がる。

「ああ……」

話を逸《そ》らされた不満を隠さずに、利兵衛は答えた。

「際物《きわもの》でございますよ。末備前《すえびぜん》の数打ち物のなかに紛れ込んでおったので、とりあえず除《の》けておいたのでございます。どうやら居合いで用いる、長柄刀《ながえがたな》のようでございますな」

「長柄刀……」

「通常よりも、柄が二寸ばかり長《なご》うございます。御城に上がる際の差料の刃長《じんちょう》は、長くても二尺三寸五分までと定寸《じょうすん》が決められておりますが、実際に結び合うときは柄を含めた全長が物を言うのでございましょう？」

「確かに、そうとも言える。相手に届くか届かぬかは、刃長ではなく全長で決まる」

「柄のほうを二寸延ばせば、定寸は守りながら、刃長二尺五寸五分の刀と同様に扱うことができます。一方、抜刀するときは、刃長はそのままですので、長すぎて抜きにくいということもない。良いことずくめで得ばかり、というわけですが、その心根《こころね》じたいがなんとも下劣で、刀と呼ぶのも憚《はばか》られます。卑《いや》しく、姑息《こそく》で、品の欠片《かけら》もございません」

「振ってよいか」という文句が喉《のど》まで出かかったが、吐き捨てるようにこき下ろす利兵衛の剣幕が、大輔の唇に封をした。

「渡世人のごとき下賤《げせん》の者ならともかく、お武家様が手にされる物ではありますまい。うっかり置き忘れていて、お目を汚してしまい、誠に申し訳ございません」

慇懃《いんぎん》に頭を下げたものの、目は明らかに、大輔が長柄刀に話を振ったのを責めている。

勘ちがいをしてくれるなと、大輔は声には出さずに言う。

津田助広はあっぱれな刀である。なんの異存もない。もとより、長柄刀とは比べるべくもない。

ただ、今日は日がわるかった。

自分が探していたのは、良い刀ではない。

人を斬る気になるような刀である。

人を斬ったことのない自分の背中を、押してくれる刀を求めていた。

津田助広は紛れもなく名物《めいぶつ》だが、あまりに美しすぎて、到底、人に刃《やいば》を向ける気になれない。

松本道場の稽古《けいこ》帰りに、幼馴染《おさななじ》みの川村直次郎《かわむらなおじろう》から呼び止められたのは、ひと月ばかり前の二月半ばの七つ半だった。

幼馴染みとはいっても、直次郎は藩政改革を牽引《けんいん》する執政《しっせい》の眼鏡に適《かな》って、いまや用人の席にある。

元は大輔と同じ馬廻《うままわ》り組《ぐみ》の番方《ばんかた》で、もっぱら剣にのみ精進しているものと思っていたら、実は大輔が知らぬだけで、三年前に藩校の尚智館《しょうちかん》が整えられる以前から、有志で儒学を学んでいた。

それも、実用を重んじる折衷学派《せっちゅうがくは》の儒学であり、学び方にしても、単に四書《ししょ》を読み解くのではなく、それぞれの御役目から例を取って、現実にどう振る舞うべきかを論じ合っていたらしい。おのずと、尚智館に通うようになると他の受講生との差は誰の目にも歴然で、改革を前へ進めるための手足に苦労していた執政から名を呼ばれるのに時間はかからなかった。

その直次郎が忙しい御役目の合間を縫って一人で道場に汗をかきに来るからには、なにか心積もりがあるのだろうと思っていたら案の定で、肩を並べて歩き出すと程なく「実は、お前に頼みがあるのだ」と言った。

「本来なら、馬廻り組の組頭《くみがしら》を通すのが筋なのだがな」

顔を前に向けたまま、直次郎は続けた。季節は春とはいえ、北国の二月半ばの日暮れ近くはまだ真冬が同居していて、吐く息がいかにも白い。

「代々、御藩主の御側《おそば》近くをお守りしてきた馬廻り組は保守派の牙城《がじょう》と言えなくもない。おのずと改革に異を唱える者も目に付くゆえ、用心のために直《じか》に話をさせてもらうことにした」

「いったい何事《なにごと》だ？」

路《みち》の両脇《りょうわき》に聳《そび》える辛夷《こぶし》の枝に目を遣《や》りながら大輔は言った。暮れなずむ空に、月が真ん丸に近い円を描いて、青い光をたっぷりと降り注ごうとしている。北の桜はまだ花芽《はなめ》だったが、辛夷は蕾《つぼみ》が綻《ほころ》びかけていた。

「実は、来月、さる客人が江戸から来島される。御藩主自らお声をかけられてお招きした儒者の鹿野了仙《かのりょうせん》様だ。ついては、国境《くにざかい》まで出迎えを頼みたい。俺とお前、それにあと二名の四名で警護に当たる」

「儒者、となり」

もとより尋常の頼みとは思えず、腹を据えて返事を待っただけに、拍子抜けの感は否《いな》めない。

「なぜ、学者一人を出迎えるのに、そこまで大仰《おおぎょう》にせねばならんのだ」

覚悟が空を切って、思わず訊《き》いた。

「それを話せば長くなるが、よいか？」

そう前置きして語り出した直次郎の話は、ほんとうに長くなった。ひとつ答が返ってくると、直ぐにまた次の疑問が湧き出して、容易には得心できない。

結局、腑《ふ》に落ちるためには、棲《す》み暮らす組屋敷が目に入る界隈《かいわい》まで延々と問いを重ねなければならず、帰り着く頃には、さらに冷え込んだ夜気が、咲きかけた辛夷の蕾を凍らせるかのようだった。

「念を押すまでもないが……」

別れ際、直次郎は大輔の目を見据えて言った。

「今夜、語ったことは、きっと口外無用と承知おいてもらいたい」

けれど、その夜、組屋敷に戻ると、大輔は早々に、妻の佐和《さわ》に話の中身を語って聞かせた。

さすがに、三月二十日と念を押された到着予定日までは告げなかったが、それは告げる必要がなかったからで、もしも訊かれたら、なんの躊躇《ちゅうちょ》もなく答えていただろう。

「実は、このたびの招致については反対する者も少なくないそうだ」

熱い椀《わん》に息を吹きかけながら、大輔は言った。その夜の膳《ぜん》には、納豆汁が上っていた。

「わざわざ国外の儒者を招くのは、わが国には人がいないと公言するようなものではないか、となる。なかには、国の恥となるゆえ、力をもってしても招致を阻止すると息巻く輩《やから》もおるらしい」

北国の山津では、正月七日はまだ地吹雪が吹き荒れる。春の七草を摘むことは叶《かな》わず、七草代わりの納豆汁で人日《じんじつ》の節句を祝う。その納豆汁がいつしか節句を過ぎてもつくられるようになって、早春のなによりの馳走《ちそう》になっているのだった。

「さようでございますか」

佐和は鍋《なべ》をかけた火鉢に炭を足している。

「その気持ちも分からぬではない。天明の飢饉《ききん》の大傷も癒《い》え切らないこの時期に、なぜわざわざ公費をかけて江戸から学者を招かねばならんのか、俺とて不審を持った」

元々は、大輔は寡黙《かもく》なほうだった。その大輔の口がめっぽう軽くなったのは、四年前、二歳になった長男の健吾《けんご》が麻疹《はしか》で逝《い》った頃からだ。

可愛《かわい》い盛りの子の姿が消えて、二人だけに戻った家は陽《ひ》を寄せつけぬようだった。とにかく、子を失った二十歳の母のためにも、家には言葉が溢《あふ》れ返っていなければならぬと、俄《にわか》に話をするようになったのだ。

最初は、その日の陽気や、登城の道々気づいた往来の様子などを話していたが、直ぐに、そういう当たり障《さわ》りのない話題だけでは時を埋められなくなり、それまで禁句にしていた諸々《もろもろ》をも語り出した。

武家が不確かなことを口にしてはならぬと戒めてきた噂話《うわさばなし》や、人は能《よ》く聴くことが肝要でみだりに己を語ってはならんと退けてきた自分にまつわる話、はたまた、不平不満は己の内にとどめなければならないと唇をきつく閉ざしてきた愚痴話。そのように次々と禁を破って、終《しま》いには、これだけはと囲いを巡らせてきた御役目の話にも手を着けた。

初めは忸怩《じくじ》たるものがあり、己を叱咤《しった》して唇を動かし続けたが、一切の言葉の禁忌《きんき》を外して話し続けていると、やがて堪《こら》え性《しょう》のない自分にも慣れて、苦もなく言葉が口を突いて出るようになった。

そういう大輔の話を、佐和は喜ぶでも煙たがるでもなく、ゆったりと聞いていた。

話が効いているのかどうかは不確かだったが、少なくとも傍目で見る限り、一時の打ちひしがれた様子を引き摺《ず》ることもなく、野辺送《のべおく》りが済んでひと月も経った頃には、自分のほうから大輔を夜の褥《しとね》に誘って、肌を合わせもした。

まだ、どこからか健吾の声が聞こえてきそうな家でぎこちなく軀を重ねていると、それはまるで二人だけのしめやかな弔《とむら》いのようで、なぜか自分たちがとても親密に感じられ、一切の縛りなく佐和に話をすることが至極《しごく》自然に思われた。

そうして程なく、次男の大二郎《だいじろう》を授かった。が、その大二郎も昨年の秋、わずか三歳で疱瘡《ほうそう》に奪われた。

以前にも増して、家を言葉で溢れさせるうちに、いつしか大輔は、自分が佐和のために話をしているのか、自分が話したくて話しているのか分からなくなった。だから、その夜の直次郎の話も二人にとっては例外ではありえず、家に戻るやいなや唇を動かしたのだった。

「だがな、俺は、儒者の学問で腹は膨れぬと思ったが、直次郎は、民の腹を膨らませるには学問が欠かせぬと言うのだ」

納豆汁の椀に箸《はし》を動かして、大輔は好物の芋茎《いもがら》を口に入れた。奥歯で嚙《か》み締めるほどに、旨《うま》い汁が滲《にじ》み出す。

「剣で民の腹を膨らますことはできぬが、学問ならばできるとな」

厳しくなるばかりの国の内証は、知行の減知を当り前にさせていた。石高が減るに連れ、里芋ではなく里芋の茎を好きになろうと努めていたら、ほんとうに好きになった。

「お前も、新田が増えたわけでもないのに、いま、わが国では田畑があり余っていることは存じておろう。天明三年の飢饉で百姓が土地を棄《す》て、国外へ逃げたきり戻ってこないからだ」

いまでは、芋茎を選《よ》り分けて口にする。

「あれから既に五年が経ったが、そういう手余地《てあまりち》がいまでも二割に達している。あの原野に還《かえ》ろうとしている田畑に百姓が戻ってこぬ限り、国が受けた大傷は癒えない。されば、どうやって呼び戻し、居着かせるかだが、剣が無力なのはたしかに自明だ。江戸や他国へ逃れた百姓を、剣で追い立てて戻すことはできぬし、百歩譲ってできたとしても、再び逃散《ちょうさん》されるのが落ちだろう」

「さようでございましょうなあ」

「ならば、たっぷりとお助け金を弾めば戻るのかもしれぬが、それも一時《いっとき》のことである上に、ただでさえ借財漬けのわが国の内証が破綻するのは目に見えている。そうして、あれやらこれやらの手立てをひとつひとつ、吟味していくと、結局、残るのは藩士の人物を高めるくらいしかなくなると直次郎は言う」

ゆっくりと、佐和が頷《うなず》く。佐和は白く、柔らかく、ふくよかで、時折、大輔は羽二重餅《はぶたえもち》を想い浮かべる。

「日頃から百姓と接する御用の者のみならず、すべての藩士が、牧民《ぼくみん》の志と智慧《ちえ》を備えることが最上の策となると言うのだ。畢竟《ひっきょう》、人が暮らしやすい場所とは、己を分かってくれる他者がいる場所である。周りの武家が皆、能く聴く耳を持っていれば、年貢《ねんぐ》の率を落とさずとも百姓は居着くとな」

「それは、そうでございましょう」

「さようか」

耳にしたときは、そう理屈どおりには運ぶまいと思ったが、佐和がそうだと言うのなら、そんな気もしてくる。

「よくは分かりませぬが、そのような気がいたします。お代わりはいかがでございますか。まだ、たんとございますよ」

白い腕を、佐和が延ばした。

「その手立てが学問というわけだが、しかしな」

椀を手渡しながらも、話を続ける。

「この国の武家のあらかたは、学問を軽んじる。受け容《い》れる構えのない者に、学問を施しても効き目は薄い。で、この秋、国は思い切った策を講じたらしい」

ちょうど次男の大二郎が疱瘡と闘っていた頃で、大輔は与《あずか》り知らない。当時は政《まつりごと》に気を振り向ける余裕など、まったくなかった。

「あろうことか、藩校の長《おさ》である都講《とこう》の位を大目付の上にしたのだ」

「それは大変なことなのでございますか」

佐和はいっぱいに盛った納豆汁の椀を差し出す。

「大変なことではあろう。その国がどこまで本気で学問を奨励しているかは、都講の位で知ることができる。どんなに拍子を打っても、都講の位が低ければ、飾りであることが見透かされて誰も踊らない。わが国の尚智館はと言えば、これまでは武術指南役の下だった。いくら文治《ぶんち》を標榜《ひょうぼう》しても、形としては武威《ぶい》の国のままだったわけだ。それを武術指南役どころか一気に大目付の上に引き上げた。重役を含めたすべての藩士を取り締まるという御役目において、大目付の上といえば、もう御藩主しかおられない」

「皆様、驚かれたでございましょうなあ」

「それを狙《ねら》ったようだ。驚かせて、国が本気であることを知らしめなければ、長いあいだに固着した見方は解《ほど》けない。剣では腹が膨れぬことを分かっていながら、その事実に目を背《そむ》け、ろくな鍛錬もせぬまま、なんとはなしに剣にしがみついているのがいまの武家だと直次郎は言う。横っ顔《つら》を張りでもしない限り、こっちを向こうとはせんとな」

語るに連れて険しさを増していった、直次郎の横顔が蘇《よみがえ》った。

「直次郎の目論見《もくろみ》どおり、なにも変えたくない門閥の連中もようやく、国が本気で武威から文治に治世を切り替えることに気づいた。薬が効き過ぎて、力で阻《はば》むなどと騒いでおるし、この先もあの手この手で流れを止めようとするだろうが、それは、ま、折り込み済みらしい。あいつが警戒しているのは、門閥のように己の利のために武威を振りかざす輩ではなく、心底《しんてい》から真の武家であらんとする連中だ。とりわけ、前の執政の時代に押し進めた、郷村出役《ごうそんしゅつやく》に志願した面々に注意を払っている」

戦国の世が終わるとともに、武家は郷村から城下に集められ、伝来の土地から切り離された。そのように意図して武家と百姓との紐帯《ちゅうたい》を弱めたことが、二百年近くが経ったいま、田畑の荒廃を招いている。この反省に立って武家をあらためて郷村に根づかせ、天明の地侍《じざむらい》を育てようとした試みが郷村出役だった。

果たして、五年前に呼びかけると、数は少なかったものの、心ある者たちが手を挙げた。そのなかには、子供の頃、直次郎と三人で野山を駆け巡り、共に松本道場に通った島崎哲平《しまざきてっぺい》の姿もあった。

「町を捨て、書物を捨て、土地に還るというのが郷村出役だ。やがては、郷村出役を経験した者が、地方《じかた》御用の重役を務めるという内示もあったらしい。五年が経ち、ようやく掌の皺《しわ》に土が滲《し》み入った頃になって、学問の量りで人材登用を進めると聞けば、なるほど穏やかではいられまい」

城下を離れる間際、目を輝かせて、新たな御役目への意気込みを語った哲平の弾んだ顔が浮かんだ。童顔で、いつも三、四歳は若く見られたが、五年の村暮らしで齢《とし》相応の顔になっただろうか。

「また、それ以上に、彼らには彼らの考える武家本来の姿がある。天明の世にあって、地侍たらんとする志がある。その志を基にして描いた国の像と、学問による人材登用はおそらく相容れないはずだ。揺るぎない芯《しん》があるだけに、彼らが力による阻止に出ると、これはたしかに怖い。事実、横目付《よこめつけ》からも、動く気配が伝えられているらしい。島崎哲平などは数日前、ずっと仕舞いっ放しだった剣を引っ張り出して、入念に研ぎ上げたようだ」

「島崎様……」

「哲平はお前も存じておるだろう。六年前の祝言《しゅうげん》にも出ていた、子供のような顔をした男だ。酒が弱いのに、めでたいめでたいと飲み過ぎて、揚句、縁側から落っこちた」

「ああ、そのようなことがございましたな」

振り返れば、哲平が郷村に入ってからは一度も顔を合わせていない。部屋住みの頃までは三日に上げずに三人でつるんでいたのに、役目に就《つ》き、所帯を持って人の親になると、一年は一日のように過ぎた。

「今回の鹿野了仙様の招致もまた国の本気の徴《しるし》と聞いた。徴が毀損《きそん》されては徴にならない。とはいえ、哲平の剣の腕は頭抜けている。哲平らに襲われれば、並の警固の者ではひとたまりもない。だから、お前に頼まざるをえないのだと直次郎は言った。だがな、俺にとっては、ただ悩ましいばかりの御役目だ」

困惑した顔を、大輔はそのまま佐和に向けた。

「確かに、共に道場に通っていた頃、俺は哲平に七本に二本と取られなかった。自負するのではなく、技倆《ぎりょう》に開きはある。だからこそ、あいつには刃を向けたくない。いや、哲平だけではない。襲撃する側とて皆、同じ国の藩士だ。彼らにも女房子がおるだろうし、己の意に反して一味に加わる者もおるだろう。いまも、俺と同様、こうして女房相手に愚痴をこぼしておるやもしれぬ。そいつらを相手に本当に本身を抜けるのか、俺にはまったく自信がない」

「川村様は……」

火箸で炭を熾《おこ》しながら、佐和が言った。

「島崎様と立ち合われることができるのでございましょうか」

「それは、俺も訊いた。お前は哲平と本身で結び合うことができるのかとな」

「どのように仰《おお》せでございました?」

灰をまとった炭が、赤く輝き出す。

その輝く赤に、大輔は目を遣った。

「哲平に志があるのなら、俺にも志があると言いおった」

「どういう手立てを使ってでも民を喰わせる、というな。志を貫こうとすれば、刃を合わせる事態に至っても致し方なかろう、ということだった」

そのまま、熾った炭に目を預ける。

「それを聞いて、俺も道々、二人のような志があるかを、己に問うた。しかしな。いくら繰り返しても、哲平と相対して刀を抜かせるだけのなにものかに、心当たることはできなかった」

ひとつ息をついてから、大輔はまた、悩まし気な顔を佐和に向けた。

「俺はいかがしたらよいものかの」


結城屋へはしばらく顔を出せんな、と思っていたのに、次の宿直《とのい》の番が明けて御城での朝を迎えると、足は組屋敷に向かわずに店への道を辿った。

津田助広の濤瀾刃を目にしてからまだ六日しか経っていないが、鹿野了仙を出迎える三月二十日まではもう二日《ふつか》を残すばかりで、大輔は切羽詰まっている。時はこちらの事情に構わず進んでいく。

そう言えば、直次郎から護衛を頼まれたときには蕾だった辛夷はもうすっかり満開で、代わりに、桜の花芽が蕾になって綻びかけている。

こうなると、北国の遅い春を待ち構えていた花たちも、我れ先にと花弁を開く。南の国であれば、あいだを置いて春を告げていく花たちが、山津では一斉に咲き誇る。野は菜の花が、森は福寿草《ふくじゅそう》が、山は片栗《かたくり》が彩《いろど》って、居残ろうとする冬を追いやる。直ぐに、百合《ゆり》が、藤《ふじ》が、雪椿《ゆきつばき》が、九輪草《くりんそう》が、石楠花《しゃくなげ》が続く。

例年ならば、この季節を待ちかねたように大輔は山に入る。

春山入りである。

百姓ならずとも、とりどりの色がこぞって冬景色に裂け目を入れていく春山の様《さま》を目にすれば、そこには確かに山の神が御座《おわ》すと素直に信じられる。そして、その神に、山を下りて、田の神になっていただきたいと祈りたくなる。

そして、そのように神事である以上に、春山入りは冬の長い山津での一年における最上の楽しみである。

目覚めた神の息吹《いぶき》を感じながら山道を歩き、いつもそこと決めている尾根沿いの野に腰を下ろす。眼下に広がる菜の花畑を愛《め》でつつ、つつましくはあるが、佐和が手をかけてつくった弁当を広げれば、心地《ここち》はまさに満ち足りて、大輔と佐和は、春のうちに幾度となく山に分け入るのが常だった。

とりわけ去年は、三歳を迎えることができた次男の大二郎に、春山の匂《にお》いを教えようと繁《しげ》く通った。けれど、今年はまだ一度も山に足を向けていない。入れば、あらためて大二郎の不在を突きつけられるようであり、それにまた、直次郎の頼みを聞いて頭が塞《ふさ》がったのが、春山入りを考え始めた頃だった。

そうこうしていれば、直ぐに春は終わって、北国にも初夏《はつなつ》が訪れる。

果たして今年の春山入りはどうなるのだろうと思っているうちに、大輔は結城屋に近づいていた。

はて、どうしたものかと一旦《いったん》は店の前を通り過ぎ、二軒ばかり行ったところで背中を返す。

もとより刀を替えたくらいで人を斬る気になれるはずもないが、さりとて、他にはなにも考えつかない。

御藩主のお声がかりの客人であるからには、とにかくお守りせねばならぬのは自明である。どうあっても、刀は抜かねばならんのだろう。悶々《もんもん》と時を送るに連れ、思い出されたのが、六日前に目にした長柄刀だった。以来、あの刀ならば、という想いが浮かんでは消えている。斬れるかどうかはともあれ、抜くことはできるかもしれない。

とはいえ、足を停める踏ん切りもつかないまま、また、やり過ごそうとしていると、不意に結城屋の手代が店から出てきて大輔を認め、声をかけてきた。その声を聞きつけた利兵衛も直ぐに暖簾《のれん》の向こうから姿を現わし、朝の茶に誘う。大輔を見て綻んだ顔は、普段となんら変わらない。

こちらが気にするほどのことでもなかったかと、いつもの座敷に上がり、茶を啜《すす》って、今日は自分のほうから切り出してあの長柄刀を見せてもらおうと思っていたとき、利兵衛が「お加減はいかがでございますか」と言った。

「ん？」

誰のことかと訝《いぶか》る大輔に、利兵衛は続ける。

「いえ、先日、原田様は随分と体調がすぐれなかったようにお見受けいたしましたので、あらためて津田越前守助広を試していただかなければと存じておったのです」

ふーと息をついて、己の甘さを嚙み締めた。利兵衛の刀商いは、商売とは遠いだけに執念深い。

はて、どのように長柄刀に話を振ったものかと思案して、この前あった座敷の角に目を向けると、果たして、どうにも格好のつかないその刀はあった。

「まだ、あるようだな」

小細工を労しても詮《せん》ないと思い直し、真っ直ぐに長柄刀へ顔を向ける。

「はあ？」

大輔の視線の先を追った利兵衛は、怒気《どき》を隠さずに口を開いた。

「始末しておくよう、店の者にきっと言いつけておきましたのに！」

直ぐに、声の色を戻して続ける。

「重ねて、お目を汚してしまい、誠に申し訳ございません。直ちに片付けさせますので、ご辛抱ください」

「いや」

人を呼ぼうとする利兵衛を制して、大輔は言った。

「あれを、振ってもよいか」

「はあ？」

「あの、長柄刀だ」

「真《まこと》でございますか」

なにを血迷ったか、という声である。

「お手が穢《けが》れなければどうぞ」

利兵衛の仏頂面《ぶっちょうづら》を気にかけつつも、大輔は長柄刀が凭《もた》れている座敷の角に歩み寄った。

立ったまま目を落とし、じっと見据えてからゆっくりと手に取って抜刀する。

抜いてみても、広い身幅と、これ見よがしの大切先《おおきっさき》がいかにもあざとい。刀としての品格はまったく窺《うかが》えず、長包丁のようにさえ映った。

それがまた心を惹《ひ》いて、いつもは一閃《せん》するだけなのに、切り手と鍔《つば》との距離を幾度となく替えて振り下ろす。

十太刀を越えて振ったところで、ようやく鞘に納め、思い切って、これを借り受けてよいか、と切り出した。

日頃から、大輔は利兵衛に頼まれて商売物の刀を差す。あくまで利兵衛の規範だが、手練《てだれ》の者の腰に収まって初めて、刀は目覚めるのだと言う。

「津田助広はよろしいので？」

これで、出入り差し止めになるかもしれぬと思いながらも大輔は答えた。

「ああ」

利兵衛は長柄刀を卑しく、姑息と言う。が、その卑しさが、姑息さが、自分の背中を押してくれるかもしれない。常の気持ちのままでは、哲平のみならず、同じ国の人間に刃を向けることなどできはしない。

「やはり、原田様はまだお軀が回復していらっしゃらないようでございますな」

憮然《ぶぜん》とした声のまま、利兵衛は言った。

「どうぞ、ご随意にお持ちくださいませ。手前どもに戻していただく必要はございませぬ。直ぐにお飽きになるでしょうから、そのときは古鉄屋《ふるがね》にでもお下げ渡しくださいませ」

そして、続けた。

「しかし、その刀はよほど性悪女《しょうわるおんな》のようでございますな。三日前にも随分と久方振りに島崎様が顔を出されて、それに目を留めておられました」

「哲平が来たのか！」

間を置かずに、大輔は声を張り上げた。

「ええ、ほんとうに久々でございますよ。もう、五年も経ちますでしょうか。随分と逞《たくま》しくなられて見ちがえました。初めは島崎様と分からなかったほどでございます。それでも、練達の遣《つか》い手は、普段の動きをされていても軀の捌《さば》きが並の方とは明らかにちがいますな。声をかけさせていただくと、やはり島崎様で、懐《なつ》かしくお話しさせていただきました。といっても、昔よりもめっきり口数が少なくなられて、手前が勝手に話すのを聞いていただいていたと申し上げたほうがよろしいのでしょうが」

「そうか。息災《そくさい》の様子だったか」

二日後の御役目に想いが行く前に、懐かしさが込み上げる。

「それは、もう。やはり、自ら鋤鍬《すきくわ》を握って日々を過ごされているからでございましょうか。要《い》らぬ肉が落ちて、筋がさらに太くなっていらっしゃるようでございます。島崎様といえば一拍子の突きで聞こえましたが、あのお軀だけを見れば、昔よりもさらに凄《すさ》まじい打突《だとつ》となっているのではありますまいか。惜しいですな。原田様と並び立つ、松本道場の竜虎《りゅうこ》と謳《うた》われた島崎様でございます。あのまま稽古を続けられていれば、中川派一刀流の指南免状も夢ではなかったでしょうに」

近しい気持ちが湧き出すに連れて、身に降りかかった厄介が滲み入る。次になにを尋ねればよいか、言葉を探す大輔に、利兵衛が言い添えた。

「原田様が見えられたばかりだとお話ししたら懐かしがっていらっしゃいましたよ。よろしくお伝えしてくれとのことでございました。近々、会うことになるかもしれんが、ともおっしゃられていましたが」

「近々、会うことになる、と言っておったか」

思わず、利兵衛の目を見据えた。

「はい。まちがいなく、そのように」

やはり、明後日、国境で相見《あいまみ》えなければならんらしい。ふっと溜息《ためいき》をつくと、気持ちはまた長柄刀に戻った。哲平もまた目を留めていたと利兵衛は言ったが、いま、ここにこうして長柄刀はある。

「しかし、哲平がこの長柄刀を所望することはなかったのだな」

大輔はおもむろに聞いた。

「ええ。しばしば目を向けられていたので、よほどの御執心と存じおったのですが、見遣るだけでございました」

わずかに頭を傾《かし》げて、利兵衛は続けた。

「そう言えば、島崎様はどのような御用だったのでございましょうな。こちらから呼び止めたのではなく、島崎様のほうから店に入ってこられたのですが、刀を見繕《みつくろ》うわけでも、研ぎに出しに来られたのでもなく、手前のお喋《しゃべ》りが終わると直ぐにお立ちになられました。あるいは、ただ懐かしく思われてお寄りいただいたのでしょうか」

いや、と大輔は胸の内で言った。

哲平は懐かしさで、結城屋を訪れたわけではない。

自分と同じように、背中を押してくれる一口《ひとふり》を探して店に入り、やはり、この長柄刀に目を奪われたのだ。

この刀の卑しさに、姑息さに、あざとさに、惹きつけられたのだろう。

なのに、哲平は、歩み寄ることも、手にすることもなく、結城屋をあとにした。求める刀と出逢《であ》ったことで、逆に、刀には頼らぬ腹が決まったのかもしれぬ。

自分の幼馴染みは刀に凭れかかることなく、己の心と軀のみで流れに立ち向かおうとしているらしい。

「利兵衛」

大輔は言った。

「はは」

「お主の言うとおりだ。やはり、これはいかん」

「お持ち帰りにはなられないので？」

「ああ、儂《わし》が見誤っておった」

とたんに利兵衛は相好《そうごう》を崩した。

「そうでございましょう！」

みるみる勢いづいて続ける。

「刀屋ふぜいが甚だ僭越《せんえつ》ではございますが、原田様の剣はすっとした、けれん味のない、それは正しい剣にございます。強いだけでなく、正しい。その原田様がこのような下賤の物を腰にされれば御名《おな》に疵《きず》がつきます。もっと強くお諫《いさ》めしなければと思いつつも、身の程に囚《とら》われて控えておりましたが、いや、ようございました。いま、早速、津田越前守助広を持ってこさせます。原田様にはやはり、助広にございます」

慌《あわ》てて、大輔は遮った。

「いや、それには及ばん。その件はまた今度にいたそう。では、所用があるゆえ、これにて。馳走になった」

利兵衛を振り切って通りに軀を運び、足早に歩を進める。そのままずんずんと足を送り、結城屋が見えなくなった辺《あた》りでようやく立ち止まった。

大きくひとつ息をついて、これで、出迎えの列を襲われても自分は抜けぬかもしれんな、と大輔は思う。しかし、そのときはそのときだとも思う。

もはや、考えまい。

そのとき自分がどう動くか、それは軀に任せよう。あれこれと頭で想わず、剣士らしく四肢の動きに身を委《ゆだ》ねよう。

やれやれ、と思いつつ、大輔は青空を従えて白く咲き誇る辛夷の枝を見上げる。花弁に目を預けたまま、再び大きく息を吸って吐くと、唇がひとりでに動いた。

「ともあれ、佐和には、話して聞かせねばならんな」

「俺は別に剣の道に邁進《まいしん》しようとしたわけではない」

組屋敷に戻るやいなや、大輔は幾度となく繰り返してきた言葉を、また口にした。ときは朝五つが終わりかけていて、佐和は台所に立って軀を動かしている。

「八歳で道場へ通うようになったのも、周りの子供たちが皆そうしていたからだ。木刀を手にとってみれば、たまたま相性《あいしょう》がよかった。周りの大人は褒めてくれるし、やればやっただけ上達するから、それはそれで面白く、辞める理由もないのでそのまま続けた」

大輔は框に胡座《あぐら》をかいている。佐和は、それはもう何度も聞いた、と口を挟むこともなく立ち働いている。

「やるからには、本気でやらぬとつまらぬから手は抜かなかった。そうして、辞めるきっかけもなく続けていたら、道場から取立免状を許されていた。けっして目指したわけではなく、あくまで気づいてみたら許されていたのだ」

両手を動かしながらも、ゆっくりと佐和が頷く。

「なのに、変事が起きそうになるたびに声がかかる。俺に声がかかるのではなく、俺の剣に声がかかるのだ。今回は、御藩主のお声がかりの客人の出迎えなので、どちらにつくべきかで頭をひねる必要はないが、その代わり、哲平と敵味方に分かれなければならん」

話し始めたときは、さすがに大の男が台所まで出張《でば》って話をするのはいかがなものかと思ったが、昼は止まらない。

「実はな、先刻、結城屋に寄ったのだが、三日前に哲平も顔を見せたらしい。襲撃など杞憂《きゆう》であってほしいとずっと願ってきたが、近々俺と会うことになると利兵衛に言ったようだ。やはり、二日後の立ち合いは避けられんらしい。俺も仕方なく腹を決めた。しかしな、腹を据えれば心穏やかになるというのはあれは嘘《うそ》だ。いよいよ、結び合うのも仕方ないと覚悟すると、怖くてたまらん。この俺が人の命を奪うのかと思うとな、恐ろしくて、このままどこぞに逐電したいほどだ」

「旦那《だんな》様！」

なおも唇を動かし続けようとする大輔に、手を止めて振り向いた佐和が声をかけた。

「これから山に入りませぬか」

「ん？」

「春山入りにございます」

ずっと二日後のことで頭が塞がっていたせいか、直ぐには言葉の意味が摑《つか》めない。

「おお！」

大輔は顔を上げる。

「そう存じまして、このようにお弁当の支度を整えておりました」

「そうか、春山入りの弁当だったか」

顔を綻ばせて言う。

「それは格好だ。そういたそう」

弾《はじ》かれたように膝《ひざ》を伸ばして立ち上がり、今度は、佐和を急《せ》かし始めた。

ばたばたと用意を整えて、四半刻《しはんとき》とかからずに組屋敷を出る。

慣れ親しんだ山への道を辿ると、知らずに気持ちが弾んだ。

北国の冬は長く、高い堰《せき》となって春を止める。

代わりに、堰が切られれば一気に色が爆発する。

人々は、その爆風に身を晒《さら》して、とりどりの色を浴びるために山へ入る。山道を行くたびに、やはり春山入りは北国のものだと、大輔は思う。

うららかな陽気に誘われて、山には人が多かった。

行き交うどの顔も、降り注ぐ光に干し上げられて、ほっこりと膨らんでいる。

「これは想った以上の人出だな」

山道を上りながら大輔は言う。山とはいっても丘に毛が生えた程度の小山で、ちょっと人が出ると、擦れちがうのにも難儀する。

「もう、あの場所も塞がってしまっているかもしれんぞ」

今年初めての春山入りである。あるいは、これで最後になるやもしれぬ春山入りである。やはり、いつもの菜の花畑を一望できる尾根沿いの野に腰を下ろして、ゆっくりと弁当を広げたいが、眺望を楽しみながら午《ひる》を取ることができる場所は限られていて、誰もがそこを目指す。

思わず逸《はや》る大輔の背中に、「ほらっ、あそこに九輪草が」などと佐和が繁く声をかける。その度に大輔は道脇《みちわき》の森の奥に、彼方《かなた》の山肌に目を遣った。

朝四つの初めに麓《ふもと》をあとにして、目指す野に着いたのは四つ半の中頃である。果たして蓙《ござ》は広げられるかと案じたが、午九つまでにはまだ間があって、野には余白があり、想う場所の近くに陣取ることができた。

「今年の菜の花は見事でございますな」

重箱を広げながら佐和が言う。飢饉のあった天明三年から二年ほどは畑が打ち捨てられて、眼下の春景色から黄色が消えていた。ようやく春が訪れたのに、そこには冬の枯れ野があった。健吾が生まれて、そして逝った頃だ。

「ああ、見事だ」

大輔も嘆声を洩《も》らす。

「さ、どうぞ」

佐和が箸を寄越す。御馳走である。ぎんぼと身欠き鰊《にしん》の煮物に、こごみの胡麻和《ごまあ》え、飯は五目ふかしで、御強《おこわ》のなかには人参《にんじん》、油揚げ、椎茸《しいたけ》の外に占地《しめじ》と薇《ぜんまい》まで入っている。きっと、数日がかりで材料を掻《か》き集めたのだろう。自分がこのひと月、出迎えの愚痴をぐだぐだと並べているあいだずっと、春山入りの弁当の算段をしていたのだ。

麓では風を感じなかったが、山の野に座れば、春の匂いを孕《はら》んだ風がゆっくりと渡る。そうと明文になっているわけではないが、土地の者ならば誰もが春山入りは無礼講と了解していて、武家も百姓も入り交じって山上の春を楽しんでいる。

これが春山入りだと、大輔は思う。これが春であり、これが人の暮らしだ。言葉を語るのを忘れて、山の息吹をいっぱいに吸う。もう、そろそろ、時を言葉で埋めずともよいのかもしれない。

目を再び菜の花畑に戻して、五目ふかしを食べ、茶を飲む。頭のなかから二日後の出迎えが消えていって、佐和が春山入りを奨めてくれたことに胸の内で頭を下げる。そして、これからも何度も、佐和と春山入りをするのだと思う。まだ、子供だって授からなければならない。

腹がくちくなると、宿直明けの軀が眠りを求めて、思わず微睡《まどろ》みそうになった。佐和の「お風邪を召しますよ」と言う声が聞こえて、そうだ、寝てはいかん、と眠気に抗《あらが》っていたとき、ざわざわと音がして、隣に百姓の大家族らしき一団が席を広げようとしているのが伝わる。

田の畦《あぜ》切りと田起こしの合間を縫って来たようだ。大人たちの周りを走り回ってい
た三つ四つほどの子供が大輔たちの莚の脇で躓《つまず》いて盛大に倒れ、笑みを浮かべた佐和
がやんわりと起こして、恐縮する百姓たちの輪に戻した。
事情を了解すると、両の瞼《まぶた》はまた閉じようとする。必死になって瞼に力を送り、な
んとか踏みとどまろうとしていたとき、「もしや、原田ではないか」という声が降っ
てきた。
目を見開くと、そこには、笑顔の島崎哲平が立っている。身なりは百姓と見分けが
つかず、確かに逞しくなってもいるが、目の色が、光が、昔のままだ。
「おう、哲平か。久しいな」
瞬時に、眠気は霧散する。
「春山入りか。よければ一緒にやらんか」
五年の空白は跡形《あとかた》もなく、再会の歓《よろこ》びが二日後の厄介を頭から追い遣った。
「連れがあるが、よいか」
「連れ？」
「一緒になる心積もりの女だ。田植えが済んだら祝言を上げる」
そう言うと、隣の百姓の席へ目を向ける。どうやら、哲平も連れも、あの一団のな

かにいたらしい。

「むろんだ」と答えながら、大輔は己を訝った。幼馴染みとはいえ、二日後に結び合うかもしれぬ相手と、なぜ子供の頃のままに相対《あいたい》できているのだろう。

「預かっている郷村の本百姓の娘でな、名は多恵《たえ》という」

その答は、連れてきた丸顔の若い女を紹介する哲平の笑顔を見遣ったとき、直ぐに得た。目に、まったく剣気がない。軀の気配は、春山の草木の息吹と重なっている。剣士は剣気で語らう。目の前の男は、敵ではない。

「実はな、多恵を嫁に貰《もら》うのではなく、俺が多恵の家に婿《むこ》に入る。武家とはいえ、俺は三男だし、多恵は一人娘だ。で、いろいろ考えてそういうことにした」

「旦那様」

哲平のその言葉を聞いて、佐和が口を挟む。

「わたくしは多恵様と花を愛でにそこらを巡って参りたいと存じますが、よろしいでしょうか」

ああ、と答えると、「参りましょう」と多恵を促して席を立った。

「五年振りだが……」

二人の姿が消えると、哲平は言った。

「相変わらず、よく目配りが利《き》く御内儀《おないぎ》であるなあ」

思いは大輔も同じだった。佐和の配慮をありがたく受け止めながら、「つまり、武家は捨てるということか」と訊いた。

「ああ」

哲平は答えた。話す中身に相違して、口調は春風のように軽い。この軽さはなんだと、大輔は思う。

「この五年、郷村出役として在地御用に当たってきた。たしかに任された村はそれりの成果が上がっているが、外へ目を向ければ、手余地は一向に減っておらん。ああだこうだと論議しているばかりでは、いつまで経っても手着かずのままで、早晩、原野に戻ってしまう。で、自分が百姓になって手余地に入ることにした」

「随分と、思い切ったな」

大輔には考えもつかない、果敢な決断だった。

「いや、さほどのことでもない」

哲平はあくまで淡々と語る。

「蛮勇を奮《ふる》って飛び降りたわけではない。成算があってのことだ。実は、二十日ばかり前に執政と会った」

「執政と！　二十日も前にか」

　大輔はなにも知らされていない。

「ああ、年貢免除の確約を取ったのだ。手余地に入る際のお助け金の類《たぐい》を一切求めない代わりに、十年間、年貢免除にするという一筆を取り付けた。負担の重いお助け金が浮くわけだから、向こうは好都合だ。一方、こちらも利が大きい。十年は、よくある免除年限の五年の単なる倍ではない。仮に、復旧に二年かかるとして、五年ならば収穫は三年分だ。それが十年なら八年分で、三倍近くなる」

　語るに連れて、哲平の顔が変わって見える。

「大輔。俺は武家から百姓へ身下《みさ》がりするのではないぞ。百姓へ身上《みあ》がりするのだ。多恵の父親は郷村でも指折りの篤農家《とくのうか》で、さまざまな新しい農法を身につけておる。十年免除の確約が取れれば、手余地を沃野《よくや》に変えるのは難しいことではない。貧乏国の武家の三男など先が見えているが、百姓になれば、豪農になり、分限者《ぶげんしゃ》になる道も開ける。そういう者たちが増えるということは、とりもなおさず、国が豊かになり、民の腹が膨れるということだ。だから俺は、なんとしても百姓へ身上がってみせる」

　やはり、哲平は、昔のままの哲平ではない。随分と逞しくなって見ちがえたと言った結城屋の顔が浮かんで、そう言えば……と大輔は思った。あの長柄刀に繋く目を向けていたという利兵衛の話はどうなっているのだろう。

「三日前のことだが……」

おもむろに、大輔は切り出した。

「ああ」

「お前は結城屋に行かなかったか」

「いかにも、行った」

即座に、哲平は答えた。

「刀を売りに行ったのだ。もう、必要もなくなるので、救荒《きゅうこう》用の果樹の苗木にでも替えようかと、ひと月も前から丹念に研ぎ上げて持っていった。しかし、いざとなると、まだ武家の尻尾《しっぽ》が残っているのだろう。やはり、手放す気にはなれずに、結局、そのまま戻った」

「そのとき、長柄刀に目を留めたな」

「ながえがたな？　なんだ、それは」

「文字どおり柄の長い刀だ。利兵衛はお前が繁く目を向けていたと言っておった」

「知らん。刀を売る用が立ち消えて所在なく、あちこちと目を動かしていたので、そのように見えたのだろう。ま、刀の始末は祝言を上げて晴れて百姓になったときにまた考える」

そして、直ぐに続けた。

「そうだ。祝言には来てくれ。直次郎も呼ぶつもりだ。久しぶりに三人で、羽目を外したい」

「むろん、喜んで招かれよう」

答えながら、「近々、会うことになる」と言ったのはそのことか、と大輔は思った。

野の外れの尾根に、佐和と多恵がいる。

春霞《はるがすみ》みの空を背景に、笑顔で話を交わしている。

ふくよかな佐和と、丸顔の多恵は姉妹のようにも見える。

今夜は佐和を寝かせずに、話し続けることになるかもしれない。

# 乳房

「大番《おおばん》あたりが、ちょうどよいのだ」

養父の島内清蔵《しまうちせいぞう》が、得々として言った。

なんで、自分が嫁に行かなければならないのかと思いながら、那珂《なか》は聞いていた。

清蔵の一人息子だった信之《のぶゆき》がこの春、疱瘡《ほうそう》で逝《い》って、島内の家の子供は、養女に入っていた姪《めい》の那珂しかいなくなっていた。当然、自分が婿《むこ》を取って家を継ぐものとばかり思っていたのだ。自分が嫁に行けば、島内の家は絶家《ぜっけ》となってしまう。

「御公辺《ごこうへん》の武官である番方《ばんかた》は五番ある。遠国奉行《おんごくぶぎょう》などの重い御役目に就《つ》きやすい家筋は小姓組番《こしょうくみばん》と書院番組《しょいんばんぐみ》の両番だが、出世する者とせぬ者の差が激しい。要《い》らぬ苦労を背負《しょ》い込んで、気鬱《きうつ》になる者も多いようだ」

そんな那珂の想《おも》いなど知らぬ気《げ》に、清蔵は続けた。

「その点、大番組はずっと大番組のままだ。下手な高望みなどせぬから、気質にムラがない。とりわけ、話をいただいている西崎弘道《にしざきひろみち》殿は大番組頭《おおばんぐみがしら》の呼び声も高くてな。

こういう男は、まずまちがいがない。手堅い御勤めをずっと続けてきた番士でなければ、周りから組頭と目されることはない。そこそこ家柄がよく、人物もたしかで、御勤めも抜かりない。嫁ぐならば、弘道殿のような相手に限るというものだ」

言ってから、清蔵は自分でうんうんと頷《うなず》いた。とっておきの縁組話をまとめたことに、心底《しんてい》から満足しているようだ。

「那珂はずっと……」

その清蔵の様子が、那珂の唇を動かした。せっかく養女に迎えてくれたのに、なんの役にも立てずに家を出ることになりそうなのが悔しくてたまらない。

「この屋敷で父上のお世話をしとうございます」

「ああ……」

清蔵は曖昧《あいまい》に答えると、腰を上げて間戸辺《まどべ》に近づき、障子を引いた。季節は晩秋に入ったが、その日は終日うららかな陽気で、夜に入ってもさほど冷え込みはしなかった。日は十三日で、満月近くまで肥えた月の青い光が、濡《ぬ》れ縁《えん》に座した清蔵を照らす。那珂もその後ろ姿を追って座敷を離れ、傍《かたわ》らに膝《ひざ》を揃《そろ》えて、横顔を見遣《みや》った。元々、清蔵は端正な顔立ちをしていて、顎《あご》も頬もまだ崩れていない。叔父はまだまだ若いと、那珂は思った。

「こんな風にしていると、中河原村《なかがわらむら》を思い出す」

月に目を預けたまま、清蔵はぽつりと言った。たしかに、夏の終わりの村のようだと、那珂も思った。いまは御公辺で細工所勘定改役《さいくじょかんじょうあらためやく》に就いている清蔵だが、元はといえば陸奥国信夫郡《むつのくにしのぶぐん》中河原村で名主を務める島内家の次男坊であり、そして那珂は、跡を継いで名主となった惣領《そうりょう》の娘だった。

「村を出て、今年でもう二十八年になる」

清蔵は言葉を繋《つな》げた。

「分相応《ぶんそうおう》に逆らって、身上《みあ》がってやろうとずっと走り続けてきた」

清蔵は那珂が産声《うぶごえ》を上げる七年前、十九のときに生まれ育った中河原村の屋敷を離れた。

「が、近頃は息切れが激しい。以前ならば、思わず立ち止まっても、己を叱咤《しった》して前へ進めたのだが、その掛け声も出んようになってな」

ふっと息をついてから、清蔵は続けた。

「どうやら、ここまでのようだ」

「父上は四十七ではありませんか。まだまだ十分にお若うございます」

那珂は必死に抗弁した。正式に縁組を取り交わしたわけではない。いまならばまだ間に合うと、那珂は思っていた。自分の積年の想いを託した信之に先立たれて、清蔵が突っ支《つっか》い棒《ぼう》を失っているのは分かる。命取りになる疱瘡には用心を重ねてきたにもかかわらず、結局はその疱瘡に、十八歳まで育て上げた跡継ぎを奪われてしまった。それでも、絶家を決めるのは早すぎやしないか。せっかく、名主の家筋とはいえ百姓が、たった一代でここまでにした家なのだ。

「那珂」

けれど、清蔵は言った。

「俺はもういっぱいだ」

整った横顔が、微笑《ほほえ》んでいる。

「残っている力で、お前が幸せになるよう諸々《もろもろ》を整えたい」

そんな気弱な叔父を目にするのは初めてだった。

「俺が無理を言ったばかりに、お前にも随分と迷惑をかけた。せめて、これならばと安心できる縁組をまとめて、己に言い訳がしたい。お前にはいろいろ頼んできたが、これが最後の頼みだ」

自分が想っている以上に話は進んでいるのだろうと那珂は悟った。両番よりも家筋としては劣るのだろうが、五番方のなかで最も古い由緒《ゆいしょ》を持つのは大番組らしい。言ってみれば旗本のなかの旗本に、百姓上がりの御家人の娘を嫁にやるからには、半端《はんぱ》ではない額の持参金も渡っているのだろう。清蔵は本気だ。得心《とくしん》できたわけではないが、得心しなければならないのだろうと那珂は思った。

「そうだ……」

急に思い出したように清蔵が言って、座敷へ戻り、奥へ消えた。戻ったときには短刀を手にしていて、那珂に見せながら言った。

「己への褒美《ほうび》として買い求めた、備前長船長重《びぜんおさふねながしげ》だ」

短刀結びにした下緒《さげお》が美しいと、那珂は思った。支子色《くちなしいろ》と浅葱色《あさぎいろ》の組紐《くみひも》だった。

「身分の梯子《はしご》を上ろうとしていたくせに、自分が名物《めいぶつ》の大小を腰に差すのは、どうしても気が退《ひ》けてな」

笑みを浮かべて、清蔵は続けた。

「そこが、やはり百姓上がりなのだろう。ここらが分相応だろうと、ずっと末備前《すえびぜん》の数打物《かずうちもの》を差していた。せめて、人目に付かぬ短刀だけは、ここまで辿《たど》り着いた己への褒美として、誰もが知っている備前長船の名物をくれてやろうと、思い切って兼光《かねみつ》を探したのだが、いざとなると手が出ない」

そんなことに気を回していたなんて、なにも知らなかった。

「結局、求めたのはどうにも中途半端な長重だ。なんの出だろうが意に介さず、長光《ながみつ》だろうと景光《かげみつ》だろうと平気で打刀《うちがたな》を腰に帯《お》びるようであれば、あるいは旗本にもなれたのかもしれぬが、このいじましさがまさに俺だ。こいつを俺だと思って持っていてくれ」

差し出されるままに、長船長重に手を触れると、初めて清蔵と会った八歳のときから二十一歳の今日まで、ずっと胸に秘めてきた覚悟が宙に浮いて、子供時分のことが思い出された。身分の壁など目に入らないかのように、縦横に動き回っていた頃の清蔵の姿が目に浮かんで、切なさが募《つの》った。

百姓の身分に飽き足らない百姓にとって、那珂と清蔵が育った中河原村のある陸奥国の信夫郡は、胸騒ぎを誘う土地だった。

隣り合う伊達郡《だてぐん》と合わせて信達《しんたつ》地方と呼ばれる広大な盆地は、養蚕業のなかでも最も多く利益が上がる蚕種《さんしゅ》業、即《すなわ》ち、蚕の卵をつくって売る商いの一大集積地であり、すこぶる豊かだった。しかも、諸国の飛び領や幕府御領地、そして旗本の知行地などが複雑に入り組んでいて、それぞれの領地に数多くの代官所が置かれていた。

代官所という役所はおしなべて世帯が小さい。預り高五万石といえば、大名なら五百人を越える家臣を抱えるが、幕府御領地の代官所ならば二、三十人だ。おのずと少数精鋭とならざるをえず、地方《じかた》の実務に秀《ひい》でた者には身分に関わりなく声が掛かった。まして、さまざまな代官所がひしめく信達地方では、時に争奪戦の様相さえ呈した。

清蔵も、この流れに乗った。十九歳になった年、伊達郡の中心地、桑折《こおり》にある幕府代官所の書き役として出発するや、直《す》ぐに頭角を現わして平手代《ひらてだい》となり、元締め手代となり、そして二十七歳になった安永二年、江戸へ出て勘定所の下役である普請役《ふしんやく》に就いた。

金が目当ての身上がりであれば、元締め手代で十分に満足していたはずだ。代官所の地方の実務を実質的に動かしているのは元締め手代であり、少し領民に便宜を図るだけで相当の見返りが期待できた。別に御法を犯さずとも、五年も続ければひと財産貯《た》まるのが当り前で、いまさら慣れぬ江戸へ出て、勘定所の使い走りをする意味などさらさらなかったのである。

清蔵はあくまで、武家を目指していた。それも、数多《あまた》ある藩の陪臣などではなく、将軍様に御目見《おめみえ》できる旗本しか眼中になかった。たとえ自分の代では御家人にとどまったとしても、息子は旗本にすると心に決めていた。だから、仕えていた代官が江戸廻《まわ》りになって、普請役の声が掛かったとき、一も二もなく受けたのだった。

幸い、清蔵の博打《ばくち》は吉と出た。翌安永三年、京都御所で疑獄事件が起きて、禁裏御《きんりご》入用取調役《にゅうようとりしらべやく》という御役目が新設され、清蔵が登用された。未《ま》だ評価の定まらぬ御役目なので、普請役で重宝していた清蔵あたりを使って様子を見ようとしたのだろうが、清蔵にとっては僥倖《ぎょうこう》だった。手代も普請役も、あくまで一時雇用の身分にすぎず、武家の格好はしていても武家とは言えなかったが、禁裏御入用取調役はれっきとした幕臣だった。名主の家の次男坊は二十八歳にして晴れて、幕府の御家人に生まれ変わったのである。

禁裏御入用取調役でも清蔵は際立《きわだ》った働きを見せて、幾度となく御褒美金を頂戴《ちょうだい》した。三年後に任期が終わったとき、あるいは、旗本の御役目である勘定として江戸に戻ることができるかもしれぬと清蔵は期待した。けれど、仰《おお》せ付けられた御役目は御家人格の支配勘定《しはいかんじょう》で、清蔵はあらためて、欲しいものは自分から摑《つか》みにいかなければ手に入らないと自戒しなければならなかった。

けれど、落胆を封印して、いっそう御勤めに励み、手代の頃に蓄えた金銀で権家《けんか》や上司を手厚くもてなしても、一向に勘定の声は掛からなかった。当時、勘定所には、普請役だった父を持つ勘定吟味役がいて、清蔵はその男を頼ろうとしていた。しかし、逆に、己の出自《しゅつじ》に触れられたくないのか、男は清蔵を毛嫌いし、遠ざけた。清蔵が、八歳の那珂と初めて会ったのはそんな頃だった。

当時の清蔵は、自らの出世よりも、五歳になった一人息子の信之に期待をかけるようになっていて、御勤めのとき以外はもっぱら、信之の身上がりの地ならしに努めていた。

清蔵がここまで来たのは、身上がるためのさまざまな資質を備えていたからだった。類稀《たぐいまれ》な実務の力を備えていたし、金の蓄え方にも才が光った。見場もよく、人好きもした。けれど、たった一つだけ、欠けているものがあった。周りから守り立ててくれる、武家の親戚《しんせき》がなかったのだ。信之の母親は、桑折で勤め始めた頃の元締め手代の娘だった。

たった独りで身上がる困難さは骨身に染《し》みていた。信之には絶対に頼りになる親戚を用意してやらなければならないと思い、養女をもらって力のある家へ嫁がせようとした。けれど、これならばと思える娘には出会えず、所詮《しょせん》は皮算用かと自嘲《じちょう》したりした。近年、空回りが続いていただけに、ここいらが行き止まりなのかもしれぬと思うことすらあった。

その迷いが、那珂を知ったときに消えた。桑折への出張の帰途、十五年振りに実家へ寄って、初めて会う八歳の姪を見た清蔵は、女衒《ぜげん》のような気持ちになっていた。この娘なら大丈夫だと直感した。

那珂は美しかった。可愛《かわい》かった。でも、それだけではなかった。那珂の邪気のない笑顔には、男という生き物の最も脆《もろ》い部分を抉《えぐ》り出して、ざらっと触ってくるものがあった。素の自分がなにを欲しているのかを、見透かされるのさえ快く、気づくと那珂に眼が行っていた。

このまま育ちさえすれば、どんな男だって、ひと目、見るだけで吾《わ》がものにしたいと思うだろう。いかなる縁組も、想うがままにちがいない。

清蔵は那珂の向こうに旗本となった島内家を見て、己に、もうひと鞭《むち》入れることができたのだった。

八歳の那珂は那珂で、清蔵との出会いに運命を見ていた。

「叔父様が見えられていますよ。ご挨拶《あいさつ》なさい」

母に促されて居間へ行き、躾《しつ》けられたとおりに手を突き、頭を下げ、口上を述べてから顔を上げると、清蔵は「ほお……」と嘆声を洩《も》らした。そして、那珂の顔形《かおかたち》をまじまじと見てから、向かいに座る父に言った。

「兄者《あにじゃ》、頼みがある」

そういう清蔵から、那珂は目を離すことができずにいた。そのとき清蔵は三十も半ばになっていたのだが、那珂の目には武者人形のようにきれいなお侍さんと映った。村の奥まった田に一羽舞い降りた丹頂《たんちょう》のように、きらきらと輝いて見えた。自分の父親は名主で、つまりは百姓なのに、なんで父の弟が武家なのかは不思議だったが、不思議なことなんて他にもいっぱいあった。

「この娘《こ》が十六になったら養女にくれ」

清蔵は真顔で続けた。

「四人も娘《むすめ》がいるのだから、一人くらいいいだろう。この娘《こ》なら絶対に、想い通りの縁組が組める。島内の家はもっともっと身上がることができる」

叔父がなにを言っているのかは分からなかったし、父がなんと答えたのかも覚えていない。ともあれ、那珂はそのとき、自分は大きくなったらこのお侍さんの処《ところ》へ行くのだと決めた。そこしか自分が生きていくことのできる場処はないとさえ思い詰めていた。

六歳のときに、那珂は攫《さら》われたことがあった。といっても、村に住む乱気《らんき》の男に連れ回され、村外《はず》れに広がる茅場《かやば》をひたすら歩き続けただけなのだが、父母や祖母を含めて、周りはそうは見なかった。陽《ひ》が沈みかけた頃になって、探しに出た屋敷の男衆に歩いているところを発見され、家に戻ると、父はいきなり、目に涙を湛《たた》えた那珂の頰を平手で思い切り張った。その目は憎しみと怖《おそ》れが綯《な》い交《ま》ぜになっていて、お前に隙《すき》があるから、こんな恥をかくのだと無言で叫んでいた。

物心ついた頃から、「この娘は子供のくせに……」と、幾度となく祖母に言われたものだった。「妙に色気があって、気味がわるいねえ」。

「色気」がどんな意味なのかは分からなかったが、「気味がわるい」は分からざるをえなかった。子供心に、そうか、自分は気味がわるいのかと思った。少し大きくなると、繁《しげ》く周りの男たちの視線を感じるようになったが、那珂は、それもこれも、自分が気味がわるいせいなのだと思わなければならなかった。

「お前は業《ごう》が深いのだから」と、母も五歳の子供に繰り返した。「努めて慎み深くして、身持ちを固くしなければなりません」。なのに、那珂は攫われてしまったのだった。きっと、父母は、たった六歳で穢《けが》されてしまったと思っていたのだろう。実際に、どうだったかは関わりない。一日中、男に連れ回されたことが村内に知られただけで、那珂はもう生娘《きむすめ》ではなくなったのだ。

だから、清蔵が養女にくれと言い出したときは、渡りに舟だったにちがいない。那珂は覚えていないが、一も二もなく首を縦に振ったのだろう。父母に見限られたのは哀《かな》しかったが、しかし、那珂は打ちひしがれてなどいなかった。清蔵の言葉は、哀しみを消し去るほどの喜びを運んできたからだ。

叔父がなにを言わんとしているのか、正しくは分からなかった。それでも、自分の気味のわるさが、役に立つらしいことだけは伝わってきた。ずっと業だの罪だのと糾《ただ》されてきた自分のなかの厄介を、望んでくれる人がいたのだ。那珂は八年後を心待ちにした。どうぞ、叔父がずっと丈夫でいてくれて、心変わりしませんようにと願い続けた。

十を幾つか過ぎた頃には、自分の気味のわるさの正体も知ったし、叔父が自分になにを望んでいるのかも理解して、なんとしても清蔵の期待に応《こた》えようと覚悟した。自分は江戸の偉いお役人の処へ嫁に行って、従弟《いとこ》から弟となった信之をしっかりと支えるのだ。迷いはなにもなく、唯一《ゆいいつ》の気掛かりといえば、大きくなるに連れて自分の気味のわるさが薄れてしまうことだった。その頃には、勝手に乳房が重みを増していって、那珂は、自分が清蔵と初めて会ったときとはちがう生き物に変わってしまうのを怖れた。けれど、那珂の顔や軀《からだ》に注がれる男たちの視線が消えることはなく、むしろ、刺さるようになるばかりで、かつては嫌悪《けんお》した胸の白い膨らみを、那珂は喜んだ。

ようやく、長い長い八年が経《た》ち、天明八年が来て、深川《ふかがわ》の屋敷に入ったとき、清蔵は細工所勘定改役に御役目が替わっていた。身分は支配勘定と変わらなかったが、余《よ》禄《ろく》の大きい御役目で、清蔵がしっかりと十三歳になった信之の守り立て役に回っているのが分かった。

清蔵の覚悟はそのまま那珂の覚悟であり、那珂は清蔵が用意したさまざまな稽古事《けいこごと》に精を出した。なにしろ、気持ちの持ち方がちがうから、どれもみるみる上達して、那珂はたちまち、それぞれの斯界《しかい》で名を知られるようになった。

それだけに、十八歳になっての信之の死は、那珂を打ちのめした。いっときは快方に向かって、酒湯《ささゆ》にも漬かったのに、その翌日、容体が急変して仏になってしまったのだった。

哀しみと、覚悟の手掛かりを失った虚脱感が同時に押し寄せて、那珂は途方に暮れた。それでも、養女の自分が腑抜《ふぬ》けているわけにはゆかないと、那珂はなんとか己を立て直した。そして、ようやく、こうなったからには自分が婿を迎えなければならないと腹を据えることができるまでになったとき、清蔵から嫁入り話を持ち出されたのだった。

大番組と聞いていたので、さぞかし番方らしい番方を想像していたら、実際に会った西崎弘道は随分とすっとしていた。背丈こそ高かったものの、顔は細面《ほそおもて》で、切れ長の目が涼やかであり、三十二という実年齢よりも四つ五つは若く見えた。

けれど、意外だったのは姿形だけで、共に暮らしてみれば、すべて叔父の語ったとおりだった。地に足が着いており、浮ついたところが一つもなく、日々、己で決めた日課を粛々とこなした。那珂の目には、左に積んだ石をひとつひとつ右に移して同じように積み上げ、終わるとまた左に移し替えているかに映った。弘道はずっと、今日と同じ明日をなぞり続けるつもりのようだった。

質素を旨《むね》としていて、金には細かくさえあった。家禄《かろく》が二百俵と大番の職禄《しょくろく》とまったく同じなので楽ではなく、日々の暮らしで要るものは、弘道自身が一々どこから買うかを下女に指図した。既に亡《な》くなっている両親の代からの借財がかなりあるらしいことは知っていたが、活計《たつき》に関しては万事鷹揚《おうよう》な清蔵を見慣れた那珂には、男がそんなことにまで口を出すのがいかにも奇妙だったし、それに、実際に困りもした。

那珂にとって辛《つら》かったのは、行灯《あんどん》の灯芯《とうしん》を一本しか使わせてもらえないことだった。

清蔵の屋敷で暮らしていた頃、いちばん贅沢《ぜいたく》な時間は、すべての用を済ませて褥《しとね》に就くまでのいっとき、漢詩を読むことだった。清蔵は俳諧《はいかい》や和歌などさまざまな稽古事を那珂に課したが、最も力を入れたのは漢詩だった。漢詩は武家の嗜《たしな》みの王道であり、しかも、女の姿はまだ珍しいから、いま漢詩をやれば良い縁組を得るには格好であると、強く勧めた。自分にできるかと不安にかられつつも始めてみれば、手解《てほど》きを受けた吟社《ぎんしゃ》がたまたま、盛唐詩《せいとうし》のような古文辞格調詩《こぶんじかくちょうし》ではなく、どうということもない日常を思うままに詠《よ》む清新性霊派《せいしんせいれいは》の拠点だったこともあって、たちまちのめり込んだ。

とりわけ引き込まれたのが、東都吟社《とうとぎんしゃ》の新島月心《にいじまげっしん》の詩で、彼の詩を楽しむときだけは高価な蠟燭《ろうそく》を奢《おご》り、明るく浮かび上がる文字の奏《かな》でる音に耳を澄ました。それはもう至福のときで、嫁いでもこの時間だけはなんとしても守りたかった。けれど、西崎の家に、蠟燭はいかにも贅沢すぎた。せめて行灯の灯芯を二本立てるのを許してもらおうと、言い出す機会を計っていた那珂に、ある日、弘道が言った。

「魚油の灯りですが、使ったことはありますか」

「いえ」

清蔵の屋敷はむろん、信夫郡の実家でも、鰯《いわし》を絞った魚油は使っていなかった。油といえば菜種油であり、綿実油だった。

「臭《にお》いがあって、煙も多いようですが、値段は菜種油の半分もしません。場処によっては使える気もするのですが、どうでしょう」

時折、弘道は、番方なのに、夜更《よふ》けまで灯《とも》りを点して、書き物をしていることがあった。あの灯りも魚油でよいのだろうかと、那珂は案じた。

「そう……でございますね」

「ま、無理にとは言いませんが……」

結局、魚油を使うことはなかったが、二本立ての灯芯は諦《あきら》めざるをえず、段々と月心の詩からも遠ざかるようになった。那珂は、ひとつしかない自分の居場所を失ったような気がした。

だから、西崎の家に入って半年ほどが経って、袷《あわせ》から単衣《ひとえ》に着替える頃になると、那珂の心は弾んだ。五番組の番方のなかでも大番組だけ三年に一度、京都の二条城と大坂城の警護を担《にな》う上方在番《かみがたざいばん》が回ってくる。今年、弘道は大坂在番で、八月中に交替があり、七月に江戸を発《た》つと、翌年の九月までは戻ってこなかった。その一年間だけは心おきなく、蠟燭を点すことができると思ったのだった。

例年になく暑い六月が終わった月明け、大番組頭を先頭に東海道を行く「大番組往来《おおばんぐみおうらい》」の行列を、夫の不在を願う己の罪を認めながら見送った。行列のなかの弘道は風采《ふうさい》のよさがそのまま出て、なかなかの押出しだった。

でも、おそらく弘道は、大坂での独り暮らしのあいだずっと、遊びに出るでも、上方の旨《うま》いものを味わうでもなく、役宅に籠《こも》って手当てを貯め込むにちがいなかった。勤番中は、家禄と同額が職禄に加算されるので、節約を心掛ければ、かなりの蓄えが残るのである。弘道はそういう難儀な一年を送ろうとしているのに、ほんとうに申し訳ないと思った。けれど、那珂は那珂で、養家とのあまりの暮らしぶりのちがいに疲れを覚えていた。

なんとか慣れようとした半年のあいだには、深い悲しみもあった。去年の暮れ、ろくに看病をする間もなく、清蔵が身罷《みまか》ったのだ。那珂を嫁に出して安心したのか、北風と共に江戸を襲った風病《ふうびょう》で、呆気《あっけ》なく息を引き取った。ずっと那珂が生きていく道標《みちしるべ》だっただけに、いっときはなにをする気にもなれなかった。でも、人の妻となった者がいつまでも惚《ほう》けているわけにもゆかず、無理でも軀を動かしているうちに、どうにか暮らし廻りのことはこなせるようになった。

もしも、以前から那珂の知らぬ不治の病を抱えていて、それがために那珂を送り出したとしたら、気づかなかった己をいくら責めても足りなかっただろう。そうではなかったことが、せめてもの救いで、自分の叔父ながら、最期《さいご》の迎え方まであっさりときれいなものだと感じ入った。突っ走るだけ突っ走って、すっと消えた。

それだけに、日を経るに連れて清蔵の良いところだけが思い返されて、どうしても弘道と比べてしまった。身分の壁を突き崩そうともがき続けてきた清蔵と、ひたすら身分を守ろうとする弘道。そのときまでには、弘道もまた無役の小普請組《こぶしんぐみ》から西崎家に養子に入ったことを知って、男子らしからぬ細かさにも得心がいっていた。養子だからこそ、しっかりと次の代へ引き継がなくてはならないと、己に課しているのだろうと理解した。だからといって、分かることが、愛《いと》しさを連れてくることはなく、那珂はやれやれと息をついた。

「もっと、労《いたわ》ってさしあげなければ」と、那珂はいつも思う。北国の百姓の娘が旗本の奥様になれただけでも幸せと思わなければならない。清蔵とて、自分が幸せを感じなければ浮かばれないだろう。けれど、いざ面と向かうと、あいだに薄皮を挟んだような物腰になってしまう。八歳から二十一歳になるまで、ひたすら清蔵の役に立つのだと思い詰めて育った那珂には、いまの己がどうにも己のように感じられなかった。

那珂にとってありがたいのは、弘道が男としては淡白なことで、もしも、そうでなければとっくに離縁されてもおかしくはないのだろうと思った。肌を合わせることはあっても、どうしても気が入らず、いつも済まないと感じざるをえなかった。あるいは、離縁したくても、持参金を返す当てがないために離縁できないだけなのかもしれなかったが、もしもそうなら、清蔵はそれを見越して西崎家を選んだのだろうかと、愚にもつかぬことを考えたりもした。

とにかく、ここらでひと息つきたいと願っていたところに大坂在番が回ってきたことは、那珂にとっては救いで、弘道が発ったその夜、早速、求めておいた蠟燭を点《つ》け、久々に月心の詩集を手に取った。ずっと思い悩んできたあれやこれやらを、詩を読むことできれいに消し去って、ともあれ、一度、己を空にしたかった。そうしなければ、これから弘道とどう向き合ってよいのかも、ずっと分からないままになるような気がした。

けれど、せっかくの蠟燭なのに、那珂はなかなか詩の世界に入り込むことができなかった。昼間、どうにも引っ掛かる出来事があって、気を集めることが難しかったのだ。

まるで弘道と入れ替わるように、奉公人を斡旋《あっせん》する人宿《ひとやど》の者が、新しい中間《ちゅうげん》と下女を連れてきた。西崎家では侍一人と中間二人、そして下女二人を一季奉公で雇い入れている。西崎家は知行地を持たずに禄を米で受け取る蔵米取《くらまいど》りなので、領地から奉公人を手当てすることができない。それに、近年は一年ごとに雇い替える一季奉公のほうが安くつくため、知行取り、蔵米取りの別なく人宿を使うのが当り前になっていた。

ただし、一季奉公の奉公人を使いこなすのは簡単ではなかった。給金は安いし、働く期間も一年だけだ。真面目《まじめ》に勤めても実入りが増えるわけではなく、将来が保証されるわけでもない。完璧《かんぺき》な仕事ぶりなど期待できるはずもなく、雇う方も、多少の手抜きは見て見ぬ振りをした。それがまた、やってよいこととならぬこととの境界を曖昧にして、主《あるじ》を主とも思わぬ奉公人を生んだ。

十人からの中間を使う屋敷では、中間部屋が博打場になって、仲間や客を引っ張り込むことも珍しくなかった。彼らの威勢を怖れる当主は直《じか》に制止することができず、人宿になんとかしろと命じたが、もはや、中間に誰を使うかを決めるのは中間部屋の部屋頭《へやがしら》の領分になっていて、人宿はその結果を雇い主に伝えるだけだった。それ以上を求めるとすれば、奉公人たちの仕返しを覚悟しなければならず、武家はいよいよおとなしく、奉公人はますます荒々しくなった。

弘道もまた預かった家を守ることを第一義として、なにごとにも事《こと》を荒立てようとはしない。しかし、意外にも、奉公人に対しては毅然《きぜん》と振る舞った。昼日中《ひるひなか》から中間の一人と下女の一人が中間部屋で軀を重ねていたことがあって、二度、同じことを繰り返したため、自ら即刻解雇を命じた。「こんどは奥方をもらうぞ」などと野太《のぶと》い声で捨て台詞《ぜりふ》を吐く中間に、弘道はまったく顔色を変えることなく、無言のまま近寄って鯉口《こいくち》を切り、中間は慌《あわ》てて逃げ出した。那珂の目から見ても、そのときの弘道の腹の据わり方はあっぱれで、これが大番士というものなのかと感じ入ったものだった。

弘道の出立の直後に姿を現わした中間と下女は、彼らの替わりだった。今度は厄介にならなければいいがと目を向けた那珂は、ふだんは駕籠《かご》を担《かつ》ぐ陸尺《ろくしゃく》をしているという中間の姿を認めて、思わず言葉を失った。大名駕籠を担いでもおかしくはない美《び》丈夫《じょうぶ》だったのだ。

武家奉公人のなかでも、陸尺は特別な存在で、各国の江戸屋敷は競って、見栄《みば》えがし、仲間内に顔の利《き》く陸尺を雇った。寛政期の江戸御府内では、登城する際の行列の序列が、駕籠に乗る大名の家格で決まるとは限らなかった。しばしば、駕籠を担ぐ陸尺の格で序列が決まったのである。陸尺の世界には気骨や腕っぷし、男振りなんぞで定まる格というものがあって、たとえ、相手より家格が上でも、相手の陸尺が格上ならば路《みち》を譲らざるをえなかった。我らが殿様に恥をかかせないためにも、名の売れた陸尺を頼りにしなければならなかったのである。

陸尺は背丈によって雇い賃が決まっていて、最も上背《うわぜい》がある上大座配《じょうだいざはい》から、中背《ちゅうぜい》を下回る平人陸尺《へいじんろくしゃく》まで四段階に分かれており、上大座配の賃金は一日当たり銀で十匁《もんめ》もした。ふつうの中間の給金が一年で三両なのに、六日雇うだけで一両になってしまう。

那珂の見た中間は背丈を計るまでもなく一目で上大座配と分かる男伊達《おとこだて》で、香油でも塗り込んでいるのか、なんとも言えぬ甘い匂《にお》いもした。こんな中間を、弘道が名指しするはずもない。那珂はなにかの手ちがいと思い、人宿の者にどうなっているのかを尋ねた。

「いえいえ、たしかに辰三《たつぞう》、さんはふだんは陸尺ですが……」

人宿の男は、辰三、と呼び捨てにしかけて、やはり呼び捨てにできずに、さんを付けた。辰三と呼ばれた方が、力関係が上であることは明らかだった。

「今回は、中間としての御奉公ですので、お支払いもいつもどおりで結構でございます」

「辰三と申します」

直ぐに、当人が挨拶を述べた。

「精一杯、気を入れて勤めさせていただきやすんで、どうぞ使ってやっておくんなさい」

なんとも張りのある、気持ちのよい響きで、そう言われると、引き下がらざるをえなかった。

それでも時間が経つと、声の魔力も消えて、不審がぶり返した。

陸尺のなかには、武家奉公人全体に号令を掛ける格の者もいるらしい。あの男振りからすれば、辰三がそうであってもおかしくはないと思った。けれど、そんな陸尺が家禄二百俵の大番士の屋敷に中間奉公に来るはずもない。なにか裏があるのではないかと、勘ぐらざるをえなかった。

それでなくてさえ、那珂には気掛かりがあった。弘道が大坂へ発つ十日ほど前の、御城へ上がっている日に、もう屋敷にはいないはずの解雇した中間を、中間部屋の僅《わず》かに開いた引き戸の隙間に認めたような気がした。思わず「こんどは奥方をもらうぞ」という野太い声が蘇《よみがえ》って、帯に差した短刀を握り締めた。いまとなっては清蔵の形見となった、備前長船長重だった。刀のことはなにも分からなかったけれど、支子色と浅葱色の糸を唐打《からうち》で組んだ下緒の組紐は光によって豊かに表情を変え、心惹《ひ》かれていた。

きっと叔父が護《まも》ってくれると念じつつ、長重を握っていた時間はとてつもなく長く感じたけれど、実際は束の間《つかま》だったのだろう。気づけば、中間部屋の引き戸は閉められて、さすがに踏み込む勇気はなく、長重から手を離して、己の見まちがいということにしたのだが、あの中間ならばやりかねないとは思った。前々から、弘道のいない処では、露骨に視線を送ってきて、那珂の軀を嘗《な》め回した。旗本の奥方は滅多に外出をしないので、弘道と暮らしている限りでは、自分の気味のわるさも随分と薄れてきたのかもしれぬと思うことができたが、やはり、そうとも言えぬのだろうと、用心を心掛けたものだった。

　辰三からは、あの姿形と声のせいで贔屓目《ひいきめ》になってしまうのだろうか、ちがう匂いが届いた。挨拶を寄越したときの辰三は、明らかに那珂の気味のわるさを感じ取っていなかった。でも、それならそれで、目的はなんなのかと思った。やはり、主の不在をいいことに賭場《とば》でも開こうというのか。盗人宿《ぬすっとやど》のように、なんらかの悪巧《わるだく》みの根城《ねじろ》としてここを使おうとしているのか。想いはさまざまに巡って、月心の詩はなかなか頭に入ってこなかった。

　久々の蠟燭も、少し明るすぎる気がした。那珂は諦めて詩集を閉じ、明日は行灯の灯芯二本にしようと思った。

弘道を見送るまでは、一人になるのを心待ちにしていたはずなのに、いざ、そうなってみると、日が経つに連れて不安が募り、気が付くと、長船長重の下緒に指を触れていることが多くなった。

那珂が嫁《か》した去年の初冬には、まだ西崎家に代々仕えている高橋吾助《たかはしごすけ》という用人がいて、なにかと支えになってくれた。けれど、高齢で軀の自由が利かなくなり、替わって孫が出仕《しゅっし》を願い出たとき、弘道は断わって一季奉公の侍を雇い入れたのだった。あのときは、僅かな金を惜しんで無慈悲なことをすると思ったが、後になって、勘定所の筆算吟味に受かっていた孫を、忠義立てした吾助が無理に奉公させようとしたことを知った。将来ある若者を貧乏旗本の家侍《いえざむらい》に閉じ込めぬための配慮と気づかず、己の短慮を恥じたものだが、それでも不安な日々が続くと、吾助の孫がいてくれたらさぞ心強かっただろうと思った。

弘道が一年いなくなるので、誰か心安い者に同居してもらうことも考えてはいた。けれど、那珂は江戸に身寄りがなかったし、弘道にも心当たる女の係累《けいるい》はないとのことだった。西崎家の屋敷は、五百石並みに広い。その広い屋敷に、那珂は一人でいるのだった。那珂の他にいるのは、あの辰三と、首にした中間の仲間かもしれぬ中間と、まだよく分からない新しい下女と、目が那珂への敵意を隠さない前からの下女、そして、いつも茫洋《ぼうよう》としてなにを考えているのか摑めない侍だけで、いっそ誰もいないほうがまだ安んずることができたのにと思った。

四十絡《がら》みの侍は、いつもいるかいないかのようで、滅多に口をきくこともなく、たとえ話をしなければならなくなっても、三つの言葉しか口にしなかった。「なるほど」と「そうですね」と「分かりました」だ。弘道がなにを言っても、その三つの言葉だけを順番に並べた。すべて同意で、拒絶の言葉を持たない。その代わり、同意はしても、進んで動くわけではなく、とにかく曖昧に受け入れて、できるだけなにもしないように持っていくのを常としているようだった。一季奉公を繰り返して凌《しの》いでいる者の、哀しい智慧《ちえ》なのだろう。

そのように不安にかられながら、二十日余りが経った頃、やはり奉公人絡みでおかしなことがあった。前から残っていた中間が、いつの間にか、別の人間に入れ替わっていたのだ。とはいっても、顔形はよく似ていて、ほんとうにそうかと問われれば不確かである。仕方なく辰三に訊《き》くと、あの気持ちよく響く声で、「いや、替わってはねえでしょう」と言った。「相変わらずのケチな野郎で」。

そのときは、ま、そう思うことにして、人宿にもなにも言わずに済ませた。けれど、それからさらに半月ばかりが過ぎると、那珂は確信した。やはり、中間は入れ替わったのだと。たしかに外見はよく似ていて、繁く接するわけではない那珂には、はっきりと見分けはつかない。でも、周りに醸《かも》す雰囲気がちがった。別に愛想を振りまくわけではないのだが、なんとも感じがよいのである。なによりも、顔から常に見え隠れしていた険が消えていた。

ありがたいことに、感じの良さも移るらしく、いつの間にか、前からの下女の剣呑《けんのん》さも随分と穏やかになっていた。入れ替わった中間を憎からず憶《おも》っているようで、それが那珂への敵意を忘れさせているらしい。寄る辺《べ》ない者たちの鬱憤《うっぷん》が渦を巻いていたような西崎の家にも、温《ぬく》もった春の水が流れ込んできたようで、那珂はようやくひと息入れることができたが、なんでこうなったのかを想うと、不気味さはより深まった。

屋敷が和《なご》むようになった直接のきっかけは、たしかに入れ替わった中間だった。しかし変化は、やはり辰三から始まっていた。西崎の家に来るはずのない辰三が来たときから、すべてが変わり出したのだ。はっきりした変化ではなかったけれど、奉公人たちのあいだに芯《しん》のようなものが通り出しているのを、那珂はうっすらと感じ取っていた。あれほどの美丈夫だから、なにをするわけでなくても、自然に周りが影響を受けるのだろうと想っていたのだが、中間の一件を考えると、それだけではないのだろうと考えなければならなかった。

あるいは、中間の入れ替えにも、辰三が関わっているのかもしれなかった。自分ですら気づいたのに、同じ部屋にいる辰三が見分けられぬはずがない。なのに、シラなど切ったのは、辰三が嚙《か》んでいるからとしか考えられなかった。

相変わらず辰三は、那珂に牡《おす》としての興味を示さなかった。とにかく自分ではないのだと、那珂は思った。自分の気味のわるさではない別の理由で、弘道が長く家を空けるのを見計らい、西崎の家にやって来て、そして中間を入れ替えた。

なぜだろう……。那珂は毎日のように辰三の腹の内を想ってみたのだが、いくら考えても緒《いとぐち》にすら辿り着けない。叔父の清蔵とよく行った深川八幡宮《はちまんぐう》の祭礼が近づいた八月も半ば近くの夜、那珂は諦めて、月心の詩集を手に取った。辰三への不審は消えなかったけれど、屋敷の内は相変わらず和んでいて、その頃には、詩を味わう余裕も戻っていた。

月心の詩がなんとも心に届くのは、異様に重く湿った熱気が路地の隅々まで埋め尽くしたこの夏のような、人が動くに動けない寛政の世に生きる者の気持ちを見事に表わしているからで、いったいどんな人ならばこういう詩を書くことができるのだろうと思った。

久々に気を入れて読む詩はやはり素晴らしかったが、ひと月余りも続いた緊張による寝不足は溜《た》まりに溜まっていて、急に眠気が襲った。

行灯の灯を消さなければと頭は命じるのだが、軀は動こうとしない。

このままでは火事になりかねない。ほらっ、ほらっと、己を叱咤した途端、那珂は眠りに落ちた。


どのくらいの刻《とき》が経ったのだろうか。目覚めると、灯は消えていた。

そのまま寝入ってしまったことに気づいて、起き上がろうとする。

と、そのとき、両肩を強く摑まれて、畳に押し倒された。大きな手が口を塞《ふさ》いで、一方の腕が軀を押さえつける。暗闇《くらやみ》で、顔は見えない。

「じっとしていろ。さもないと、命はないぞ」

直ぐに、なにが起きているのかを察して、やはり、首にした中間かと思ったが、あの男の野太い声とはちがう。気持ちよく響く辰三の声でもない。これまで聞いたことのない声だ。那珂は男を押し退けようとしつつ、帯に差した長船長重を探す。けれど、手は空を切る。目覚める前に、抜き取られたらしい。途端に、胸の鼓動が大きくなった。

「命がないと言ってるのが、分からないのか」

狼狽《うろた》えるなと、那珂は己を叱咤する。少し目が慣れて、刃物を突き付けられているのが分かった。月は中秋の名月に育とうとして、障子を通しても微《かす》かな光が伝わってくる。直ぐに、男はその刃物を那珂の頬に押し当てた。峰ではあるけれど、出方しだいでは刃を返すつもりなのだろう。抑えていた恐怖がくわっと喉《のど》を突き上げて、なぜか咳《せ》き込んだ。

男は口を塞いでいた左手に刃物を持ち替えて、唇に封をする。空いた右手で、那珂の着物の襟を開こうとした。八月の半ばで、季節では秋でも、那珂はまだ単衣だ。呆気なく顕《あら》われ出た白い乳房が、月の青い光を吸って、別の生き物のごとくに息づき、男が引き寄せられるように顔を埋めた。

瞬間、那珂のなかで火花が散った。

あらん限りの力を振り絞って、男を突き飛ばした。

冗談ではない。

自分はこんなことをされに、江戸に出てきたわけではない。

八歳のときからずっと、清蔵の役に立つのだと、信之を旗本にするのだと念じ続けて、一年一年を重ねてきたのだ。

この乳房は、そのためにあった。

百姓から武家になろうと、直参になろうと、陸奥国信夫郡中河原村の、風がぼうと吹き抜ける阿武隈川《あぶくまがわ》河岸の土地を十九で出て、以来二十八年間、懸命に駆け抜けてきた男の夢を、共に叶《かな》えるためにあった。

たとえ死んでも、自由にはさせない。

那珂は素早く起き上がって襟をきつく合わせ、身構えた。

短刀など、要らない。

男が再び押し倒しに来たら、腕といわず首といわず、思い切り齧《かじ》りついて、肉を抉ってやろうと決めた。

刃物など怖くはなかった。

怒りがますます滾《たぎ》って、こっちから歯を突き立てたくなり、出口を背にする男を凝視した。

そのとき、さらに闇に慣れた目が、男の正体を捉《とら》えた。

想いもかけなかった男がそこにいた。

いつもいるかいないかのように息を潜めていた男が、牡の臭いを撒《ま》き散らして立ちはだかっていた。

一季奉公の、侍だった。

ずっと、首にした中間のことばかりが脳裏にあって、あの影の薄い侍が自分を襲うなんて考えてもみなかった。

声に聞覚えがなかったのも、それで分かった。なにしろ、侍は「なるほど」と「そうですね」と「分かりました」の三つの言葉しか口にしなかったのだ。

「なんで……」と、那珂は言った。あまりに意外で、肉を毟り取ろうとした怒りが萎《な》えていた。

「なんで、だと」

掠《かす》れた声で、男は言った。

「こっちが訊きたいわ」

己を嗤《わら》っている風だった。

「俺はな、こんなこととはもうとっくに縁が切れているつもりだったのだ。こんなことで想い煩《わずら》うことなど、二度とないと信じていた」

男はゆっくりと、足を踏み出す。

「なのに、この様《ざま》だ。お前のお蔭《かげ》で、この体《てい》たらくだ。あとは陽炎《かげろう》のごとくあろうと心していたのに、女なんぞを襲っている。訊きたいのは俺だ。なんで俺が、お前を襲わなければならん」

声が裏返っていた。

いったん萎えた怒りは、まだ戻らない。那珂は覚悟して、男を見据えた。男が自分に触れたときに再び湧《わ》き出すであろう怒りを待った。ともあれ、想いどおりにはさせない。いざとなったら、男の刃物に自分から突き進もう。

男が眼前に迫って、もはや脇差《わきざし》と分かる刃物が青く光る。

と、そのとき、背後の障子がすっと引かれて、夜気が忍び入った。

何者かが音もなく入って来て、後ろから男の首に腕を巻き付ける。喉を締め上げられた男は懸命に逃れようともがいた。

「ちっと、この野郎から離れてくんなせえ」

辰三の声だ。

言われるままに、いた場処を退くと、辰三は侍の肩に両手を移し、素早く侍の軀を裏返して、鳩尾《みずおち》に深く拳《こぶし》を突いた。直ぐに、崩れ落ちた侍の両手を後ろ手に縛って引っ立てる。さっと、那珂に目を流して様子をたしかめただけで、言葉で無事を問わないのがありがたい。

「怖い目に遭わせちまって面目《めんぼく》ねえ」

座敷を離れる際、辰三はさらりと言った。

「弘道にも、合わせる顔がねえ」

一瞬、弘道って誰だろう、と、那珂は思った。


「弘道とは、本所の小普請組の組屋敷で一緒に生まれ育った仲で……」

翌朝、庭に設《しつら》えた四阿《あずまや》で、辰三は明かした。

不思議と、辰三が武家だったと知っても驚かなかった。

「ああ見えて、昔は弘道も随分と無茶な餓鬼で、よく二人で吉田町《よしだちょう》や横川町《よこかわちょう》界隈《かいわい》を荒し回ったもんでござんした」

弘道については、驚いた。

あの堅実を絵に描いたような人が無茶をやっていたなんて、想像すらできなかった。

「子供の頃は、別の人だったのですね」

「それが、子供の頃とばかりは言えねえんで……」

辰三は思い出し笑いを浮かべて続けた。

「奥様にこう言うのもなんだが、二十歳の頃までのあいつの仇名《あだな》は『鬼畜』でござんした」

「きちく？」

「名うての女誑《たら》しだったんでさあ」

そっちはもっと想像がつかなかった。

「顔だけ見りゃあ天明風の色男だし、気持ちも優しい。けっこう、女のほうから寄ってきてね。なにしろ、無役の小普請組だから、やることはなにもねえ。おまけに、なんともやるせねえ齢頃《としごろ》だから、なんかにのめり込んでねえと、どこに飛んでいっちまうか分かったもんじゃねえ。で、まあ、そういう時期もあったてえわけで。昔のことってことで、大目に見てやっておくんなさい」

「辰三様もご一緒に？」

「いや、手前《てめえ》は衆道《しゅどう》のほうで」

隠す素振りもなく、辰三は言った。

「女のほうは、どうも」

そう続けてから、慌てて言い足した。

「いや、といっても、弘道とはそういう関わりは断じてございやせん。あいつは、なんて言ったもんやら……女だけじゃあなく、男にもとことん優しい野郎で、根っからの食《は》み出し者《もん》の手前は、何度あいつに助けられたか知りやせん。まともな奴《やつ》なら見過ごすところを、弘道は律儀《りちぎ》に足を止めて、手を差し延べる。手前が落ちる処まで落ちずに、こうして陸尺に踏みとどまっているのも、弘道のお蔭でございやす。手前が助けられるばっかりの関わり、とでも言やあいいのか。昔話ってわけでもねえ、いまも、弘道には助けられておりやす」

「いまも……」

「言ったように、手前は根っからの食み出し者でございやす。武家の枠に収まるのは到底無理ってもんで、いろいろ渡り歩いて陸尺に辿り着いたときゃあ、ようやく居場所を見つけたって気になれたもんでさあ。なんの因果か、まだね、北の荒波みてえに、うねっているんでございやすよ。こんなかがね」

辰三は軽く、己の左胸を叩《たた》いた。

「この齢になっても、まだ納まることができねえ。荒れるほどに名が上がる陸尺は、天職なんでさあ。けどね。思うんでございやすよ。そうやって得心できているのも、弘道とずっと繋がっているからじゃあねえのかってね」

どういうことか、と那珂は辰三の目を見た。

「繋がっているっていったって、年に幾度か、そこいらの居酒屋で飲むだけのことでございやす。でも、それだけで、手前がただの陸尺じゃねえんだって思うことができる。おんなじ場処で生まれ育った弘道が、しっかりと大番組の番士を張ってくれてるのをたしかめてね。飲んで、笑って、話すだけで、手前は陸尺で名を上げて喜んでるだけの、おめでたい野郎とはちがうんだって、信じることができるんでさあ」

那珂はふと、辰三に、叔父の清蔵と同じ匂いを認めた。

初めて、男を、難儀で、いたいけだと感じた。そして、きっと弘道もそうなのだろうと思った。

「どうも、弘道のことを喋《しゃべ》ってるつもりが、手前なんぞを語っちまって」

辰三は慌てて話を戻そうとした。

「で、いつも助けられてばかりなもんで、たまには手前が弘道を助けようと。いやね、あいつが夏の初めっ頃、珍しく頭抱えて手前を訪ねてきたんでござんすよ。聞けば、ぬけぬけと、大坂在番で自分が家を空けるあいだ、奥様のことが心配で堪《たま》らねえんで、どうしたらよいかなんてぬかしやがってね」

辰三はくっくと笑った。

「用心棒代わりにもなる、信用のおける中間を一人寄越してくれ、なんて言うから、それなら俺が行こうと。なにしろ、手前は男と女についちゃあ先刻言ったとおりの質《たち》なもんで、男並みに腕の立つ女が見張るようなもんでございやす。で、伺ってみたら、残ったほうの中間もやっぱりいけねえ。前に、悪さした中間に言われてよからぬことを企《たくら》んでいるようなんで、二度と顔を見せぬよう因果を含めて追い払いやした。お察しのように、入れ替えたんでございやす。しかし、あの侍は見落としていた。影が薄くて、いつも消え入りそうにしていたもんで、用心から外しちまって、まっことと申し訳ございやせん」

「いえ、こちらこそ、ほんとうにありがとう存じました。心より、感謝申し上げております」

礼を述べながら、那珂は「あとは陽炎のごとくあろうと心していたのに」と言った侍の声を思い出していた。

「弘道はね、縁組が決まったときからずっと奥様のことを話していやしたよ」

「そうなのですか」

「あいつにとっちゃあ、奥様は想い人なんでござんしょう。縁組話で会った相手だけど、惚《ほ》れたんでさあ。これを言っていいのか、わりいのか分からねえが、あいつはお決まりの持参金も受け取らなかった。世間体があるんで、そちらの親御さんとも話を合わせて受け取ったことにしてあるが、受け取っちゃあいない。自分のなかで、けじめをつけたかったんでございやしょうよ。想い人と一緒になる、というけじめをね」

「あの……」

那珂はもっと弘道のことを知りたかった。

「へえ」

「弘道様はいつから、その……『鬼畜』ではなくなったのでしょうか。やはり、西崎の家に養子に入るのが決まってからなのでしょうか」

「いえ、それより前でございやす」

即座に、辰三は答えた。

「漢詩をやるようになってからでござんすよ」

「漢詩を……」

「名前は忘れやしたが、新しいなんとか派とかいう漢詩でね。いまも続けていて、その世界ではけっこう知られているらしい。たしか、新島月心とかいう雅号でござんした」

「新島月心」

「ご存知で？」

「はい」

やっとの想いで、那珂が答えたとき、横川町の刻の鐘が打つ朝四つの音《ね》が届いた。

「そんじゃあ、手前は、新しい侍を連れてこなきゃならねえんで、ここいらで」

自分は弘道のことを知らなかったのではなく、知ろうとしなかったのだと、那珂は思った。


一人になった那珂は、秋色を仄《ほの》めかす空に目を遣りながら、自分も変わろうと決心していた。

自分だけじゃない。みんな、いろいろあるのだ。

いろいろあって、辰三は辰三の、弘道は弘道の顔をしている。

自分だけが、いろいろあった頃のままの顔を続けるのは止《や》めよう。

自分の乳房が、清蔵の夢を叶えるためにあった、などと思い込むのは、もう止めよう。

終わった、のだ。
乳房は、赤子のためにあるに決まっている。
弘道が還《かえ》ったら、今度こそほんとうに労ろう。
そして、自分の気味のわるさをたっぷり見せつけてやろう。
少しくらいなら、乳房を分けてやってもよい。

# 約定

三月七日で間違いはないはずだ、と男は思った。

明和九年の三月七日、明け六つ。場処は、この浄土ケ原《じょうどがはら》で間違いはない。

三年前に果たし合いを約定《やくじょう》して以来、農地の開墾が急に進んで、あるいは、ずっと鋤鍬《すきくわ》とは無縁だったこの尾花《おばな》の草原《くさはら》も田畑になってしまうのではないかと危惧《きぐ》したが、なんとか茅場《かやば》のままでいてくれた。春の山焼きが終わってひと月ばかり。しばらくは里の者も近づかないから、人目を気に懸けることなく存分に立ち合うことができる。

まだ処《ところ》どころに炭と化した尾花が残る茅場に立った男は、腰に差した備前長船祐定《びぜんおさふねすけさだ》の目釘《めくぎ》をもう一度たしかめる。末備前《すえびぜん》の数打物《かずうちもの》で、代付《だいづけ》をすれば二束三文の値打ちしかないにもかかわらず、技はたしかで、男は気に入っている。刀がただ合戦場《かっせんば》で用いる道具にすぎなかった時代にひと束《たば》まとめて鍛えられたにしては、面構《つらがま》えだって不粋《ぶすい》一辺倒ではなく、遣《つか》い手の想《おも》い入れにも堪《た》える。

掌《てのひら》に柄《つか》の緩みが伝わらないことを認めて、男は小さく息をついた。そうして、山裾《やますそ》の東斜面に広がる浄土ケ原に通じる、緩やかな傾斜の小径《こみち》に目を遣《や》る。芽吹いて間もない尾花の草丈《くさたけ》はまだ踝《くるぶし》までしかなく、一帯は鶯色《うぐいすいろ》の生地を敷いたかのようで、視界を遮るものはなにもない。朝の清澄《せいちょう》な陽光が斜面の隅々を嘗《な》めて、四、五町向こうを横切る狐《きつね》さえ見て取れそうだ。

けれど、男の両の目は相手の姿を捉《とら》えない。四半刻《しはんとき》ばかり前に着いて以来、幾度となく見遣っているのに、一向に現れる気配がない。城下に置かれた刻の鐘の響きはここまでは届かないが、既に陽《ひ》は地と空との際《きわ》を離れているのだから、もはや明け六つになっていることは明白である。

もう一度、目を細めて小径に視線を注ぐ。なにも変わらない。山裾を回ってきた西の風が若草を揺らすばかりで、清志郎《せいしろう》の胸の鼓動が次第に大きくなる。刻限を過ぎても姿を見せぬ相手への憤《いきどお》りの故《ゆえ》ではない。ここひと月ばかり、ずっと気に病《や》み続けてきた想いがまたぶり返して、抑えていた不安を煽《あお》り立てる。

やはり、三月七日ではなかったのではないか……。

三年前、御国《おくに》がこの地に御領地替えになってからまだ間もない春、自分が果たし合いを申し入れ、相手が期日と場処を指定した。忘れようもないと筆で書き留めることもしなかったその期日が、ひと月ほど前、不意に頭から掻《か》き消えた。刻限と場処は残って、期日だけがすとんと抜け落ちた。

眠りの浅い夜を送って三日目の朝、ふっと三月七日という日取りが浮かんで、深く胸を撫《な》で下ろし、以来、その日に合わせて備えを整えてきたが、ほんとうに三月七日だったかと自らに問い質《ただ》せば確証はなにもない。

果たし合いの約定の期日を忘れてしまうという、ありえぬ失態を認めることができずに、無理矢理信じ込んだ。以来、もしも間違っていたらという恐怖から、目を背《そむ》け続けてきたが、やはり、恐れていたとおり、今日ではなかったのかもしれない。

いや……そんなことはない。

男は気を取り直して、また、三月七日の記憶に縋《すが》る。

いくらなんでも、武家が果たし合いの期日を忘れるわけがない。きっと、三月七日は合っている。

落ち着くことだ。

遅れているにしろ、来れぬにしろ、未《いま》だに姿を現わさぬのは、ただ向こうの事情ゆえなのだ。

それに、まだ来ぬと決まったわけではない。徒《いたずら》に想い煩《わずら》うことなく、呼吸を鎮《しず》めて、丹田《たんでん》に気を集めなければならない。こんなことでは、いざ立ち合う段になったとき、確実に後《おく》れをとる。企《たくら》んでこちらの焦《あせ》りを誘うような姑息《こそく》な相手とは違うものの、このままでは結果として同じことになってしまう。

男はゆっくりと息を吸って、小径の向こうに目を預ける。

春とはいえ、夜明け前から山裾の草原に立ち続けていれば、軀《からだ》の芯《しん》まで冷気が忍び寄る。その冷え切った軀を、次第に高さを増す陽がほぐして、男はしばし焦燥を忘れた。

そのまま、石の上で軀に陽光を吸わせる蜥蜴《とかげ》のように、じっと動かずに温《ぬく》もりを溜《た》める。

どのくらい、そうしていただろう。ようやく小径から目を切った男は、顎《あご》を上げて陽の高さを測った。

額《ひたい》がまともに熱を捉えて、ふーと大きく息をつく。知らずに唇が動いて、これまで、と呟《つぶや》いた。

なんの繋《つな》ぎもなく、約定を破るような相手ではない。

もはや、小径に影を刻むことはないだろう。

認めるのは堪え難いが、ここに至れば、もう疑う余地はない。

やはり自分は、果たし合いの期日を忘れたのだ。

正しい期日は相手だけが知っている。

三年前に約定したとき、相手はその場で小柄《こづか》を抜き、印籠《いんろう》に期日を彫った。

「忘れようもなかろう」と声を掛けると、小柄を動かす手を休めぬまま、「忘れようもないほどに忘れてはならぬことだからこそ、彫り留めておくのだ」と言った。

自分が失った約定の期日を、あの印籠だけが正しく記憶している。とはいえ、果たし合いを申し入れた自分のほうから、教えてくれと乞《こ》えるわけもない。うっかりして失念してしまったのだ、と口に出せるはずもない。

父の怨《うら》みを晴らさねばならぬと心に決めたときから二十一年、剣を合わせる日を待ちに待っていたにもかかわらず、もう、自分は、約定したその日に、果たし合いの場に立つことができないのだ。

こんな馬鹿《ばか》げたことがほんとうに起きるのだと、男は思う。

この三年、果たし合いに向けて、さまざまな事柄に想いを巡らせてきた。

相手を討ち果たしたとき、逆に相手に討ち果たされたとき、その後の武家としての始末をどう処しておくべきかについて、あれこれと考え抜いた。

けれど、自分が約定の期日を忘れるなどということは、頭を掠《かす》めもしなかった。なのに、呆気《あっけ》なく期日は消えてしまった。

なんたる様《ざま》だ。今年でまだ三十四歳。惚《ぼ》ける齢《とし》でもあるまいに……。

なんで忘れたのだろう。もはや、考えても詮《せん》ないと思いつつも、男は声には出さずに繰《く》り言《ごと》を並べる。無様《ぶざま》に、だらしなく、己を責め、憐《あわ》れみ、許し、罰する。

そして、やがて心に浮かべる言葉が尽きたとき、ひょっとして……と、男は思った。

もしかすると、自分は忘れてしまったのではなく、忘れようとしたのではあるまいか。

自分でもそうと気づかぬまま、忘れることを願っていたのではないか。

事の成り行きで、果たし合いを申し入れざるをえなくなったが、相手にはなんの遺恨もない。それどころか、少年の頃から意とする処《ところ》が通じ合った、ただ一人の輩《ともがら》と言っていい。

身分違いの間柄にもかかわらず、人の目がないときは、子供の頃からの剣の稽古《けいこ》仲間としてずっと接してもくれた。そういう奴《やつ》だからこそ、周りには一切を秘したまま、あるいは筋違いかもしれぬ果たし合いを約定してくれたのだ。

長じたいまとなっては、盛大に軋《きし》みを上げる御国の屋台骨を背負う一本柱でもある。あやつが居るから、なんとか御国は保《も》っている。私怨《しえん》で倒されてよい人物ではない。

だから、自分でも知らぬうちに、約定の期日を忘れようとしていたのではないか……。

いや、それだけではなかろう。男は思う。

いかに剣尖《けんせん》を向けたくない相手とはいえ、そこは互いに武家だ。逡巡《しゅんじゅん》は繰り返しても、最後には抜けぬ刀を抜く躾《しつけ》は叩《たた》き込まれている。

頭では拒んでも、軀が武家の一分を踏み外《はず》せぬように組み上がっている。

武家の一分……そう、それかもしれぬ。

他に理由があるとすれば、それくらいしか思いつかない。

二十一年前、父が逝《い》って以来、この世に残したのであろう無念を晴らすべく、日々を編んできた。それこそ、武家の一分を踏み外すことのないよう、己を律してきた。

とはいえ、十三歳の少年が三十四歳の壮齢になるまでには、武家の一分だけでは括《くく》れない諸々《もろもろ》と渡り合うことになる。ごつごつと、あちらこちらの角にぶつかり、傷やら痣《あざ》やらをたらふくこさえつつ、ようやく、ここまで辿《たど》り着いた。その足跡のなかに、武家の一分とやらを疑わせるものがある。

ともあれ、ことここに至っては、最後まで武家の一分の形を踏むしかない。胸中はともかく、振舞いとしては、武家の一分を遵守《じゅんしゅ》してきたけじめはつけなければならない。信を置いてもおらぬものに、寄り掛かってきた報いだ。

男は膝《ひざ》を折って、茅場に腰を下ろし、左手に持っていた、脇差《わきざし》を収めた刀袋《かたなぶくろ》を脇に置いた。果たし合いの約定の徴《しるし》として、相手が男に預けた脇差である。こうなってしまったからには、この脇差に引導を渡してもらおうかとも思ったが、自分には縁のない名物《めいぶつ》だ。腹が驚いて、刃《やいば》を受けつけぬかもしれん。血飛沫《ちしぶき》がかからぬよう、手を延ばして刀袋を滑らせ、さらに軀から遠ざけた。

腰から自分の脇差を鞘《さや》ごと引き抜いて前に据え、息を整えて、これでいいのだろうと思う。これで御国は、つまらぬ理由で、突《つ》っ支《か》い棒《ぼう》を失わずに済む。

顔を上げると、若い尾花の葉先が陽を照り返して白く震える。両手で襟を開きながら、ふっと男は、ほんとうの期日はいったい何日だったのだろうと思った。

坂倉《さかくら》藩六万石の郡役所《こおりやくしょ》で地方《じかた》に当たる御倉役《おくらやく》、望月《もちづき》清志郎の亡骸《なきがら》が見つかったのは意外に早かった。

浄土ケ原は四つの村の入会地になっている。そのうちのひとつ、長塚《ながつか》村の名主である菅野《すがの》作兵衛《さくべえ》のところに長逗留《ながとうりゅう》していた俳諧師《はいかいし》、中川新穂《なかがわしんぽ》によって、その日の午前《ひるまえ》に、腹を切っているのが発見されたのである。浄土ケ原を従える仙仏山《せんぶつさん》は九輪草《くりんそう》や片栗《かたくり》の群落で知られる。春の訪れを告げる花たちに、俳諧の趣向を求めにきた新穂は、まだ乾き切っていない血糊《ちのり》を見てさぞ驚いたことだろう。

遺体が望月清志郎であると判明したのは、それからさらに一刻半ばかり経《た》ってからだった。知らせを受けて最初に現場に着いた横目付《よこめつけ》たちはいずれも仏の顔に見覚えがなく、御城勤めにしては陽焼けに年季が入っていることから郡役所の者と当たりをつけて問い合わせると、果たして清志郎がその日出仕《しゅっし》していないことが分かった。慌《あわ》てて駆けつけた御倉頭《おくらがしら》の栗山武兵衛《くりやまぶへえ》が見分《けんぶん》して、たしかに望月清志郎に相違ないと証言したのである。

とはいえ、清志郎を十八歳の頃から知っている武兵衛とて、なんで、昨日まで共に田畑を廻《まわ》っていた部下が、今日、鉢巻きを締めて襷《たすき》を掛け、なおかつ切腹しているのかは皆目分からなかった。

装束と場処からすれば、清志郎は果たし合いをしようとしていたと見るのが妥当である。けれど、いくら振り返っても、郡役所での清志郎の身辺に厄介事はまったく窺《うかが》えなかった。それに、周りの草はどこもぴんと張って、そこで立ち回りがあったことを伝えず、刀をたしかめても刃を合わせた跡がない。実際は果たし合いがなかったことは明白で、なのに、なに故に腹を切る羽目に至ったのか、いくら頭を捻《ひね》っても雲を摑《つか》むようだった。

果たし合いの理由だけについて言えば、翌朝になって、あるいは……と思えなくもない心当たりを思い出した。とはいえ、もう随分と以前のことで、詳しい事情をよく知っているわけでもない。再度の訊《き》き取りに召された御城の目付部屋でも、言おうか言うまいかさんざ迷った揚句、「直属の上役がなにも知らんことはなかろう」と当番目付の梶原勘蔵《かじわらかんぞう》から言われ、恐れながらと切り出した。

「父親の望月三郎《さぶろう》が宝暦《ほうりやく》元年に腹を切っております」

「宝暦元年……二十一年、前か」

「はっ」

勘蔵は目付にしては若く、三十二歳。宝暦元年にはまだ十一歳だ。

「理由は？」

「恐れながら、当時の望月三郎は平士《ひらし》の身分で、御城の小十人《こじゅうにん》。それがしは徒士《かち》で、既に郡役所に詰めておりましたので、直接の繋がりはなく、よくは存じませぬ。耳にした限りでは、乱心ということで始末された由《よし》にございます」

同じ藩士でも、平士と徒士のあいだには大きな溝《みぞ》がある。御藩主に御目見《おめみえ》できるのは、平士より上に限られる。徒士である武兵衛が、平士についてなにかを語れば、身分の縛りを崩すことになる。

「そのとき、望月清志郎の齢は幾つだ」

「十三、でございましょうか。乱心の上での切腹ということで、召し放ちには至らず、徒士に身分替えになり、五年の後、郡役所に御召出《おめしだ》しになりました」

「もしも望月三郎の切腹が乱心ではなく、何者かの関わりがあったとすれば、清志郎がずっと遺恨を持ち続けていたということもありうるというわけか……」

「あくまで、筋としては、でございますが」

通常、徒士身分の事件を、目付自ら吟味することはない。が、果たし合いの装束での切腹は、あまりにも穏やかでなかった。加えて、坂倉藩がこの信濃国佐野郡《しなののくにさのぐん》の土地に転封《てんぽう》になってまだ三年しか経っておらず、国そのものの座りもよくない。小さな罅《ひび》を大きな裂け目にせぬためにも、勘蔵が直《じか》に裁断に当たることになったのだった。

「もう一度、尋ねるが、望月清志郎の身の回りに揉《も》め事等の類《たぐい》はまったくなかったのだな」

「ございません」

即座に言い切ってから、武兵衛は続けた。

「なさ過ぎるほどでございました。十八のときにはもう富田流《とだ》の目録まで受けていたほどの手練《てだれ》にもかかわらず、とにかく争いを好まぬ質《たち》で、御役目に当たるときを除けば、争いの気配を少しでも察すると、いつの間にか姿を消しております。何事に依《よ》らず、咎《とが》められれば、己の責でなくとも直《す》ぐに頭を下げるのが常でもございました。抜けば格が違うことが分かっていたので表立っては口にしないものの、陰では、頭をぺこぺこと動かす牛の玩具《がんぐ》になぞらえて〝べこさん〟と呼ばれていたほどでございます」

「〝べこさん〟、な」

「あながち揶揄《やゆ》していたというわけでもなく、多分に親しみが込められていたように見受けられました。剣の手練にもかかわらず武張《ぶば》ったところがないということで、誰からも受けがよく、敵を探そうとしても、なかなか想い浮かべることが叶《かな》いません」

「ならば、縁談話もなくはなかったであろうに、口上書を見る限りでは妻女は娶《めと》っておらぬようだな」

「齢が齢でもあり、繁《しげ》く妻帯を勧めたのですが、このときばかりは〝べこさん〟返上で、一向に首を縦に振らず。幾度、これはと思う話を持っていっても、暖簾《のれん》に腕押しでした。元々、元禄《げんろく》代からの御召抱えで親類が少ない上に、その少ない縁者もことごとく麻疹《はしか》や疱瘡《ほうそう》で倒れており、四年前には母御も亡《な》くなりましたので、いまとなってはまったく身寄りもない状況でございます。にもかかわらず、妻を得て子を生《な》そうともしない。まるで望月の家を、自分の代で終えるつもりであるかのようでございました」

そこまで言うと、武兵衛は声には出さずに、そういうことか、と呟いた。自分が口にしてきた言葉に、気づかされたのだ。

〝べこさん〟は果たし合いを待つ身の、仮の姿だったのだろうと。

争いを避けるのは、果たし合いのその日まで、確実に無事を保つためだろう。騒動に巻き込まれて己の五体を害することになるような折を、極力少なくするべく努めた結果に違いない。

妻を娶らず、子を得ようとしなかったのも、果たし合いの決心が鈍るからではあるまいか。あるいは、果たし合いの後の累《るい》が、誰にも及ぶことがないよう配慮したのだろう。

ずっと気持ちの優しい男くらいに思ってきたが、いまになって振り返ってみれば、望月清志郎がこの十六年間、果たし合いを見据えて暮らしを律してきたことはあまりに明らかで、共に田畑を巡った日々が、いやが上にも遠くに感じられた。同じ場処に居ながら、実はまったく違う場処で住み暮らしていたのだ。

「覚えておればでよいのだが、宝暦元年の頃、御国になにか特段変わったことはあったか」

想いは梶原勘蔵も同じだった。望月清志郎はきっと、果たし合いに備えてきたのだろうと判じた。

けれど、もしもその理由が父の三郎の切腹であるとしたら、なんで二十一年も経ってから動いたのかが分からなかった。立ち合うこともなく腹を切った理由はもっと分からなかったが、とりあえずは、なにが清志郎を幻の果たし合いに臨ませたのかを知るのが先決だった。

「望月三郎の切腹に関わりがありそうなこととなりますと……」

武兵衛は首を捻った。望月清志郎は同じ徒士だが、父の三郎は平士だ。平士のことは自分には分からない。

「結びつけて考える必要はない。なにか記憶に残っていることがあればと思って訊いたのだ。なければないで構わん」

武兵衛は六十を幾つか回っているから、二十一年前は四十絡《がら》みの分別盛りである。常とは変わったことがあれば、必ず覚えているだろうと勘蔵は量った。それが、三郎の切腹と関わっているかどうかはともあれ、考えを巡らす取っ掛かりにはなるかもしれぬ。

「ならば申し上げますが……」

武兵衛は重い唇を動かした。

「名物調べと、そして、由緒《ゆいしょ》調べがございました。手前がいま差しております脇差は越前国住の兼常《かねつね》で、名物の産地ではござりませぬが、随分と良い物であるとお褒《ほ》めの言葉に与《あずか》り、御褒美《ごほうび》を頂戴《ちょうだい》いたしました」

ならば、しっかりと覚えているはずだと勘蔵は思った。万事倹約の御国から、御褒美が出ることは滅多にない。

「同じ頃に、由緒調べもございました。徒士を含むすべての藩士に家の由緒を書き記《しる》すようにという下知《げち》があり、なんとかして期限までにまとめ上げたのを覚えております」

おそらく、名物調べは武芸奨励の一環で間違いなかろう。面籠手《めんこて》を着け、柔らかい竹刀《しない》で自由に打ち合う掛かり稽古が当り前になった昨今とて、熱心に道場に通う者は変人呼ばわりされる。まして、宝暦の初年当時は重い木刀で決まった形《かた》をなぞるだけの形稽古だ。十一歳の勘蔵が通っていた練武館《れんぶかん》にしても、門弟の姿は疎《まば》らだった。そんな武威《ぶい》の衰えに歯止めをかけるために、刀剣の持ち物調べを行ったのだろう。腰痛《ようつう》を訴え、刀の重さを平気で嘆くようになった藩士に、再び武器としての刀への関心を呼び覚まそうとしたのだ。

けれど、由緒調べはなんのためだろう。なんで、そのときになって、すべての藩士の家系を洗い直したのだろう。思わず武兵衛に向かって唇を動かしかけて、踏み止《とど》まった。郡役所の徒士に、理由を尋ねる筋ではない。武兵衛とて、答えるまい。きっと、それは御城の皆様がお決めなさることと申し出るに違いない。いつにはない、実務の臣僚《しんりょう》らしからぬ己を認めつつ、勘蔵は言った。

「大儀であった。もう、よいぞ」

御領地替えから三年、まだ国は落ち着かず、領民ともうまく行っているとは言いがたい。自《おの》ずと厄介の種は尽きず、目付の御勤めは繁忙だ。とりわけ、坂倉藩が築き上げてきた藩法と、新たな御領地におけるこれまでの慣習法との擦り合わせは難物で、潰《つぶ》しておかねばならぬことが山ほどある。今日もいくつかの懸案に、断を下さなければならない。明日になったら、とりあえず、その望月家の由緒書きに目を通してみようと思い、辞去する栗山武兵衛を見送った。

翌朝、梶原勘蔵は朝五つに右筆《ゆうひつ》の書庫へ出向いた。

これまでは、目付が調べ物をする際は、指示した文書を右筆のほうから持ち運んでくる習いだった。それを二年前より、目付に限らず、調べようとする者が自ら書庫へ足を運ぶ仕組みに切り替えたのだ。併せて、書庫も数倍の広さを取り、右筆だけは増員して、収める文書を充実させた。上は御藩主から下は郡役所の御倉役、横目付に至るまで、御勤めで下した裁断の類はことごとく紙に書き留めて書庫に整え、次の御勤めに役立てることにしたのである。三年前の転封を戒めとして、あらゆる御勤めのあり方を見直した。

持ち高、六万石はそのままの、転封ではあった。けれど、表向きの石高が変わらないということは、実質は減封《げんぽう》なのだった。表高《おもてだか》六万石とはいっても、新田開発をしない国はないから、真の石高である実高《じつだか》はもっと大きい。御領地替えに当たっては、この洗い直しが御公辺《ごこうへん》によって実施される。そして、実高と表高との差を生み出す分の土地が、幕府御領地に組み入れられるのである。三年前に封じられたいまの御領地も、実高九万石と算定され、三万石が天領となって、坂倉藩には裏も表もない六万石が残った。旧領の実高はといえば九万五千石。坂倉藩は、営々と積み上げて来た三万五千石を投げ出しての再出発となったのである。

今回の転封は、御藩主に格別の落ち度があったわけではない。これをもって国元の門閥のなかには得心《とくしん》がゆかぬと息巻く者も居たが、格別の落ち度がなかったにもかかわらず転封させられてしまったことこそが問題なのだった。それは、とりもなおさず、藩政の箍《たが》が緩んで、どこがどうということではなく、政務全体の質が劣化していることを意味していた。常に緊張感を持って、微《かす》かな異変の兆候にも機敏に対処していれば、少なくとも転封の決定の間際《まぎわ》までなにも知らなかったなどという無様な事態にはならなかったはずである。梶原勘蔵をはじめとする、藩校、練智堂《れんちどう》の出身で新たに重臣に抜擢《ばってき》された者たちは、漫然と危機を見過ごしてしまう、まさにそこに、救いようのない危機を感じ取った。

新たな佐野郡の御領地に移ってみれば、危機感はさらに募《つの》った。佐野郡は転封になった藩を度々受け容《い》れている土地である。所詮《しょせん》は腰掛けの大名に村の成り立ちを委《ゆだ》ねるわけにはゆかぬと、百姓たちは自らを恃《たの》む気概が旺盛《おうせい》で、広く世の中を見渡し、優れた仕組みを認めればいち早く採り入れる。初めて郡中を廻村《かいそん》したとき、なによりも驚いたのは、すべての村が立派な白漆喰《しろしっくい》の書庫《しょこ》蔵《ぐら》を整えていたことで、交渉事になると、周到に用意された先例等の文書を持ち出され、記録の重要さをきちんと認識していなかった藩はいちいち後手に回らざるをえなかった。本来ならば民を導くべき武家が、政務の進め方において完全に後れをとっていたのである。

何事にも手を抜かず、百姓に負けぬよう、きちんとやり抜く……梶原勘蔵たちは苦い想いとともに、自らに誓った。こと御勤めの進め方に関する限り、十のうち二つの組織は駄目だが八つは完璧《かんぺき》であるということはありえない。一事が万事、は断じて正しい。良い組織は決まって十すべてが良く、悪い組織は十すべてが悪い。よしんば、目的は一であったとしても、一を良くするには、残る九も良くしなければならないのだ。十を良くする。それが勘蔵たち若手の重臣の合い言葉となった。さもなければ、この土地の手強《てごわ》すぎる百姓たちを味方につけて、失った三万五千石を再び生み出すことはできない。

「随分とお早いお越しでございますね」

右筆部屋へ入ると、一人で早番を務めていた半沢信平《はんざわしんぺい》が声を掛けてきた。

「御調物《おしらべもの》でしたら、お持ちいたしましょうか」

齢はまだ二十歳を越えたばかりだが、記録が守りではなく攻めであることを誰よりも弁《わきま》えていて、御勤めへの集中ぶりが凄《すさ》まじい。

「いや、どの辺《あた》りにあるかを言ってくれれば自分で探す」

恐るべき記憶力の持ち主で、どこになにがあるかをすべて諳《そら》んじているばかりか、なにと名指しせず、こういうものをと曖昧《あいまい》な指示の仕方をしても、これぞというものを立ち所に選び出す。そんな異能に、ただの文書運びをさせるわけにはいかない。

「お探しの物はなんでございますか」

「藩士の由緒書きだ。宝暦元年のな」

「そのお方のお名前は？」

「望月三郎だ」

いつものように、直ぐに在処《ありか》を告げる声が返ってくるのをなんら疑わずに勘蔵は言った。

「望月……三郎」

けれど、次に信平が発した言葉は、勘蔵が想ってもみなかったものだった。

「恐れながら、その御仁《ごじん》の由緒書きはございません」

書庫を確かめることもなく、信平は言い切った。

「ない……？」

異能、半沢信平がないと言うのなら、それはないのだ。しかし、なぜ、ないのだろう。

「二年前にこの御役目を拝命して以来、三月《みつき》に一度、すべての文書を洗い直し、なにがあって、なにがないかを頭に入れ、記録にも残しております。ちょうど、一昨日、その作業を行いました。それゆえ記憶に新しいのですが、望月三郎なるお名前の由緒書きはございません。少なくとも、手前が御勤めを続けているこの二年間はずっとございませんでした」

「他にも、抜け落ちている由緒書きはあるのか」

　書庫の整備に力を注ぎだしたのは当地に移ってからだ。旧領時代の管理が悪く、由緒書きの多くが散逸してしまっていることもありうる。

「宝暦元年当時の全藩士の名前を記した文書がないので定かではございませんが、少なくとも現在、禄《ろく》を食《は》んでいる御家の由緒書きはすべて揃《そろ》っております。わが国の記録のなかでは、最も整っている部類の一つと言えましょう」

「さようか……」

　ならば、望月三郎の由緒書きだけが抜け落ちている、と考えても差し支えないのだろう。

「……ずっと、なかったか」

　視線を書庫に預けて呟くと、先ほどまでの、一応、目を通しておこうという軽い気持ちが霧散してゆく。直ぐに、つまりは、意図して始末されたのだろうと思い至った。

となれば、その理由は、宝暦元年の切腹と関わりがあると考えたほうが自然だ。望月三郎は小十人だった。御目見以上ではあるが、騎馬は許されない下級の番方《ばんかた》である。全藩士のなかでただ一人、由緒書きが始末される理由が、そうそうあろうはずもない。そして、望月三郎の切腹を理由に由緒書きが処分されたとすれば、あるいは由緒調べそのものが、切腹を招いたのかもしれない。

乱心などではなく、由緒調べが契機となって、腹を切るに至ったのだろう。それがどういう筋になるのかは分からぬが、だからこそ、三郎の筆になる由緒書きを残すのが憚《はばか》られたのだ。つまりは、息子の清志郎の幻の果たし合いは、やはり、二十一年前の三郎の切腹が遠因になっていることになる。

由緒書きに目を通したあとは、在町《ざいまち》の運上金の件について検討を加える心積もりでいた。

百姓がいよいよ力をつけるに連れて、城下町の北尾《きたお》よりも、村から町へ育った在町の宮宿《みやじゅく》のほうが賑《にぎ》わうようになっている。その財力に見合った運上金の掛け方が懸案になっていたのだが、こっちが先だと勘蔵は即断した。

人が二人、死んでいる。腹を切っている。介錯《かいしゃく》なしの自裁《じさい》はいかにも酷《むご》い。悶《もだ》え苦しんだ果てに、断った命だ。運上金の案件を、先回しにしてよいはずがない。そこを蔑《ないがし》ろにしたら、十を良くする大元を見誤る。人があっての藩政だ。

「雑作《ぞうさ》をかけた」

言葉と同時に踵《きびす》を返すと、勘蔵は先任目付の矢野兵衛門《やのへいえもん》の屋敷を目指した。兵衛門は今年六十四歳で、ずっと監察畑を歩んできている。二十一年前の由緒調べについても、能《よ》く承知しているはずである。四日前から風病《ふうびょう》をこじらせて臥《ふ》せっているが、元々、齢は重ねていても至って頑健で、鬼の霍乱《かくらん》と言ってもいい。そろそろ回復して、退屈を覚えている頃だろう。

けれど、訪れてみれば、濡《ぬ》れ縁《えん》に座って勘蔵を迎えた兵衛門は随分と覇気に乏しく、無理して褥《しとね》を離れた様子が見て取れた。

「三年経っても、未だにこの屋敷に馴《な》れん」

乾いた声で、兵衛門は言った。

「齢を重ねると、新たな土地に馴染むのが難しい。はばかりが近くなるので、夜中に度々手水《ちょうず》へ起きるのだが、どうにも行き着かんのだ。気づくと、昔の屋敷の手水があった場処へ行こうとしている」

「そんな齢でもございますまい」

勘蔵は笑顔で受けるが、兵衛門は真顔《まがお》のままだった。

「近頃、とみに旧領が思い出されてならん。なにしろ、ここには、御藩祖、景山公《けいざんこう》をお慕《した》いする領民も居《お》らんでな」

「それは、そうでございますな」

勘蔵とて、景山公の名前を聞くと、ひとりでに背筋が伸びる。子供の頃から、藩祖、坂倉景山公は牧民《ぼくみん》の思想を貫いて民を慈《いつく》しんだ名君であることを、事あるごとに教え込まれた。武家のみでなく、どの百姓の家にも、景山公の仁政を記録した名君録があり、城下でいちばん大きな祭りは、藩祖を祀《まつ》った景山神社で開かれたものだ。自ずと、旧領には遍《あまね》く景山公を思慕する気風が満ちていた。御国がある限り、ずっと続いていくことを疑わなかったその気風が、当地に移ってからはすっかり磨《す》り減っている。名君は、藩士だけでは受け継がれない。領民の敬愛あっての名君なのだ。

「とはいえ、思い起こしてみれば、消えてしまわれても仕方ないのかもしれん。実はな、梶原。名君、景山公は我々がお創《つく》りしたのだ」

「はっ？」

一瞬、兵衛門がなにを言っているのか分からない。やはり、まだ熱があるのかと疑った。よく見れば、顔色も優れない。

「二十年ほど前のことだ。強訴《ごうそ》や越訴《おっそ》が頻発し出してな。それまでは数えるほどしかなかった一揆《いっき》にも手を焼くようになった。百姓どもが力をつけてきたのか、我々の力が弱まったのか、あるいはその両方か、ともあれ、もはや押さえつけるだけでは済まなくなったのだ。なんとか圧力を減じようとさまざまに手を打ったが、その一つが名君だ。牧民の思想を体現した名君、景山公の話を創り上げて名君録にまとめ、村に出入りする干鰯《ほしか》屋や古手《ふるて》屋に託して、繰り返し、大量にばらまいた。乏しい内証をなんとか遣《や》り繰《く》りして、御藩祖を顕彰する社《やしろ》を造りもした。初めは子供騙《だま》しとも思ったが、信じられないくらいうまく行ってな。名君、景山公が独り歩きするようになってからは、目に見えて騒動が減った。自分でも本当に御藩祖は名君でいらしたのではないかと思えたほどだ」

「二十年ほど前……」

初めて知る事実に驚きつつも、勘蔵の注意は名君が創られた年に向かった。勘蔵は手短に今日足を運んだ目的を告げ、同じ頃、行われたはずの由緒調べについて知るところを問うた。

「いかにも由緒調べを行った」

間を置かずに、兵衛門は答えた。

「名君録には当然、御藩祖を生んだ御家である坂倉家の家系図が入る。となれば、従う家臣たちの家系も明らかにせねばならぬということで、由緒調べを実施したのだ」

明かされてみれば、当り前すぎるほど当り前の理由であることが意外だった。

「その際、望月三郎なる小十人が腹を切っておるのですが、ご記憶でしょうか」

「むろん、覚えておる」

緊張を覚えつつ発した問いにも、兵衛門は呆気なく答えを返した。

「この北尾の御城下からも遠くない中山道《なかせんどう》の宿場に望月宿がある。その昔、帝《みかど》に献上する名馬の産地として知られた望月の牧《まき》があった土地だ。かの紀貫之《きのつらゆき》も望月の駒《こま》を詠《よ》んでいる」

勘蔵も古代の牧の高名は耳にしていた。

「天正《てんしょう》の頃に嫡流《ちゃくりゅう》は絶えたとされているが、名族、望月氏の発祥の土地でもある。由緒調べの際、望月三郎は、この望月の望月氏に連なる家系と認《したた》めたのだ」

相槌《あいづち》を打つのも忘れて、勘蔵は話の先を追った。

「名族に連なる由緒書きを提出したのは望月三郎ばかりではない。あらかたが、きれいに家系を創り上げる。由緒書きなどというものは、そんなものだ。しかしな。望月氏はそんじょそこらの名族ではなかった。鎌倉の頃、一族の棟梁《とうりょう》はかの源義仲《みなもとのよしなか》の侍大将《さむらいだいしょう》の一人だったし、そして、なによりも戦国の頃は、甲斐《かい》の武田《たけだ》氏の御親類衆《ごしんるいしゅう》だったのだ」

御親類衆は単なる家臣ではない。あの武田氏から、同格に准《じゅん》ぜられたということだ。

「武家のなかには、戦国の世が終わって百七十余年が経つのに、未だに武田信玄公《しんげんこう》に心服する者が多い。望月三郎にとって不幸だったのは、当時の御国の御執政《ごしっせい》、野添頼近《のぞえよりちか》様もそうした一人であったということだ。国を挙げての取組みということで、自らすべての由緒書きに目を通された野添様は、望月三郎の分を見て、確たる証拠もなしに、甲斐武田氏の御親類衆としたことを窘《たしな》められた。信玄公に心服するがゆえに、いかにも安易と受け止められたのであろう」

ひとつ、大きく息をついてから、兵衛門は続けた。

「由緒調べと併せて名物調べも実施したので、照らし合わせてみれば、望月三郎の持ち物は末備前の数打ち物、備前長船祐定だった。たとえ傍流であったとしても、仮にも望月氏の末裔《まつえい》であるなら、それなりの差料《さしりょう》が伝わっているはずと、野添様は判断されたようだ。けっして叱責《しっせき》されたわけではなかったが、それを伝え聞いた望月三郎も、享保《きょうほう》の後の武士としては気骨のある者だった。別に己を高く見せようとしたわけではなく、由緒を明らかにせよと命じられたから、家に伝わってきた家系をそのまま申請したにすぎない。それを虚偽とされたのでは武家の一分が立たないと、その夜のうちに腹を搔っ切ってしまった。そういうことだ」

ここで、野添の名が出てくるかと思いながら、勘蔵は耳を傾けていた。野添頼近は、勘蔵と同じ若手重臣の一人、野添真一郎《しんいちろう》の父親である。

「ならば、息子の望月清志郎が野添様を仇《かたき》と見なしても不思議はありませんが、しかし、野添様はそれから数年の後に亡くなられておりますな」

「そのとおりだ。卒中でな。あくまで父親の怨みを晴らそうとするのであれば、野添の家を継いだ真一郎を討つことになろう」

「しかし、もしもそうであるとすれば、なにゆえに三郎の死より二十一年も経てから、果たし合いを思い立ったのでございましょうか」

「それは、儂《わし》には分からん。野添真一郎にはもう話を訊いたのか」

「いえ、ただいま、初めて切腹の真相を知るに至ったものですから」

「あとは、真一郎に直に問い質すしかなかろう」

そう言うと、兵衛門は咳《せ》き込んだ。先刻から話す声が掠《かす》れ出していた。軽いが長い咳が収まると、兵衛門は濡れ縁から腰を上げながら言った。

「済まんが、これで勘弁してもらえるか。儂の知っていることは、すべて語ったつもりだ」

もう一度、小さく咳をしてから言った。

「随分とよくはなったのだが、まだ床上げまでにはゆかんでな。少しばかり、横になりたい」

「これは気がつきませず。もう、十分でございます」

座敷に戻る矢野兵衛門を見届け、玄関で預けた刀を奥方から受け取ったとき、兵衛門の病が風病ではなく、腹の腫《は》れ物であることを聞いた。しきりに、旧領に帰りたがっていると。深く頭を下げ、静けさに沈んだ屋敷を辞した。


御城の目付部屋に戻ると、脇差の持ち主が判明していた。望月清志郎の亡骸の傍《かたわ》らに、刀袋に包まれてあった脇差だ。

素人目《しろうとめ》にも徒物《ただもの》ではないと分かる造り込みではあったが、目釘を外してみれば無銘であり、江戸ならいざしらず北尾では、作者と持ち主に辿り着くのは至難のはずだったが、ここでも、宝暦元年の名物調べが物を言った。

五百余りの藩士の家に伝わる大小が、刃長《じんちょう》や反りといった寸法はもとより、地や刃《は》文《もん》、沸《にえ》や匂《におい》といった鍛え肌の特徴に至るまで、図を添えて詳細に書き残されていたのである。

その記録によれば、作者は相州伝《そうしゅうでん》の名工で、正宗十哲《まさむねじってつ》の一人とされる越中則重《えっちゅうのりしげ》。そして、所有していたのは、想ったとおり、野添頼近だった。つまり、いまの持ち主は野添真一郎ということになる。

野添真一郎は、単なる若手重臣の一人ではない。

ともすれば、藩校、練智堂出身の若手重臣たちは、己の信じるそれぞれの路《みち》へ進みたがる。それが、なんとかまとまって、一つの方向へ向かっているのは、真一郎という心棒があるからだ。昔からの門閥たちが、改革に表立って異議を唱えないのも、転封の衝撃ばかりではない。若手重臣のなかに、野添本家の家長の名があるために、あからさまな反対を唱えられないでいるのである。

甲斐武田氏における望月氏のように、野添氏も、御藩主の御家である坂倉氏の御親類衆である。門閥のなかの門閥であり、その惣領《そうりょう》には、黙っていても国家老の座が転がり込む。なのに、真一郎は、藩士の誰よりも気の入った御勤めをした。

本来は下級の平士のために開かれた練智堂に一日も休むことなく通い、本気で富田流の剣を究めようとする者だけが門を叩く塚原《つかはら》道場で汗を流し、そして、門閥の子弟は御藩主を間近でお護《まも》りする御馬廻《おうままわ》りに就《つ》くのが習いであるにもかかわらず、百姓と共に歩む地方《じかた》を己の御役目に選んだ。

いったんは御城に入って勘定所の頭取を務めたが、転封でこの佐野郡に移ってからは、再び郡奉行《こおりぶぎょう》に戻って山野を巡る暮らしを続けている。坂倉藩を再び九万五千石の国にする、先兵となっているのである。

そういう野添真一郎らしく、いまは、幕府御領地によって飛び領となってしまった南佐野の所領を、菅野作兵衛と共に廻村している最中だ。作兵衛は、望月清志郎の亡骸を発見した俳諧師、中川新穂を逗留させている城付き領の長塚村の名主であり、そして佐野郡の郡中惣代《ぐんちゅうそうだい》でもある。

この土地で、菅野作兵衛を知らぬ者は居ない。新たな農法を積極的に導入して田畑を経営するとともに、馬を数十頭連ねて物資を大量輸送する運送業で、くすんでいた地域に勢いをもたらした。近年では、蚕の卵を養蚕農家に提供する蚕種《さんしゅ》業を大成功させている。その成果を、米作には馴染まないが桑の栽培には適している南佐野に移植して、蚕種業を根づかせようとしているのである。

初めて、真一郎からそれを聞いたときは大いに驚いた。蚕種の技は、どの家も、跡継ぎの他には断じて洩《も》らさぬと聞いていたからだ。その秘伝中の秘伝を、なぜ包み隠さずに教え導くのか……。旅立つ前、真一郎と共に作兵衛と会ったとき、正面切って尋ねた。目付の勘蔵が、作兵衛と膝を交える機会はそうはない。回り路をせずに、聞きたいことを聞きたかった。

「家の商いの繁栄は、いっときでございます」

淡々と、作兵衛は語った。

「一軒の家のみが栄えるよりも、郡の業として皆が栄えたほうが、繁栄は永く続きまする。ひいては、当家もそのお裾《すそわ》分けにあずかることができると申すものでございます」

そのとき勘蔵は、作兵衛が四十半ばから七十過ぎになる齢まで、三十年近い長きに亘《わた》って郡中惣代の座に在る理由を、あらためて理解した。

そして、あの村々にある白漆喰の書庫蔵を想い浮かべた。自分ら若手重臣をして、百姓に負けぬよう、十を良くすると決意させた書庫蔵。あれも、作兵衛が整えさせたものだった。

作兵衛がずっと郡中惣代を務めているのは、商いの才に長《た》けているからではなく、その広く長い視野の故なのだ。だからこそ、佐野郡の人々が、降りるのを許さない。大名に頼れない土地では、こういう大器《たいき》が育つ。

今日で、その作兵衛との廻村も三日目。勘蔵は、はて、どうすべきかと迷う。少しでも早くすべてを解明して、望月清志郎を成仏《じょうぶつ》させてやりたい気もするが、南佐野での蚕種業の振興は、坂倉藩を建て直す施策の中核の一つである。予定では、真一郎の戻りは二日後《ふつか》。どう考えても、いったん吟味の手を休めて、二日が過ぎるのを待つのがまともというものだろう。

そうだ、そうするしかないと踏ん切り、勘蔵は他の案件の文書を手に取る。けれど、文字は少しも目に入ってこない。望月清志郎の果たし合いの相手が野添真一郎で間違いないとしても、なんで望月三郎の切腹から二十一年後なのかが、やはり、どうにも気に懸かる。

そうはいっても、やはり呼び戻すわけにはゆくまいと、手にした文書に再び目を戻して、強引に文字を追おうとしたとき、突然、机の向こうの襖《ふすま》が引かれた。

思わず目を上げると、そこに野添真一郎が立っている。南佐野からそのまま引き返してきたのだろう。手甲脚絆《てっこうきゃはん》に野袴《のばかま》と、未《ま》だ廻村支度のままだ。

「望月清志郎が腹を切ったと聞いたが、真《まこと》か」

ずかずかと机の前に歩み寄ると、いきなり訊いてきた。

「真だ。どうして知った」

「他の用件で南佐野に使いに来た者から耳に入った」

「それで、御勤めを切り上げて、早々に戻ってきたのか」

「ああ、そうせねばならぬ因縁がある。まずは、どういう次第なのか、仔細《しさい》を教えてくれ」

ようやく座した真一郎に、勘蔵は浄土ケ原で亡骸が見つかったときの状況と、これまでで分かったことを伝える。語り終えると、黙して聞いていた真一郎は、壁と天井の際の辺りを見上げて、ふーと大きく息をついた。

「こっちからも訊きたいことがあるのだが……」

勘蔵は言う。

「言ってくれ」

真一郎が顔を正面に戻した。

「まずは、あの越中則重の脇差はお前の持ち物でよいのか」

「ああ、果たし合いを約定した徴として預けた。清志郎から申し込まれたのは三年前だが、転封から間もないこともあり、俺としては直ぐに受けるわけにはゆかなかった。御国の建て直しの目処《めど》がつくまで待ってもらう代わりに、野添の家の家宝である則重を手渡したのだ」

「三年前というと、父の望月三郎の切腹から十八年経っている。なんで十八年も過ぎてから清志郎は果たし合いを申し込んだのか、これがいちばん分からぬところだ」

「転封だ」

一呼吸置いてから、真一郎は続けた。

「望月清志郎とは、年端《としは》も行かぬ頃からずっと塚原道場で共に富田流を学んできた。二人と居《お》らぬ、得難い稽古相手だ。だから、言い切れるのだが、清志郎は凄まじい技《ぎ》倆《りょう》の持ち主であるばかりか、すこぶる道理に明るい男だ。本来ならば、直ぐに平士に戻し、然《しか》るべき場を与えて共に改革に当たりたかったが、こういう因縁故、清志郎は責任ある御役目に就くことを拒んだ。果たし合いを控える身である、己の立場を貫いたのだ」

「だから、そこだ。そういう男がなぜ十八年も動きを控えたのかだ」

「まあ、待て。そういう男だから、控えたのだ。望月三郎は名族、望月氏の末裔であるという由緒書きを、我が父から嘘《うそ》呼ばわりされて腹を切った。直ぐに、三郎の無念を晴らそうとする者もおろうが、清志郎は違った。本当に、望月氏に連なっていなかったとしたら、嘘と言われても仕方なかろうと考えたのだ。つまりは、確かに自分が望月氏の末裔であると判明したときに、果たし合いを申し入れようと決めた」

「なるほど、と言いたいところだが、そうそう思うようには行くまい。四年前までは末だ母御も存命で、領地から離れることは難しかろう。望月氏の末裔という確証が、容易《たやす》く得られるはずもない」

「俺もそう考えた。事実、ただ時だけが過ぎて、おそらくはずっと、このどうにも業《ごう》の深い関わりが続くのだろうと思っていた。そこへ投げ入れられた大きな石が、三年前の転封だ」

そのとき、なにが起きたのか、未だ聞いてもいないのに、なぜか、先刻訪ねた先任目付の矢野兵衛門の破《や》れた顔が浮かんだ。御国だけではなく、人、一人一人にとっても、転封はずっしりと重い。

「知ってのとおり、この佐野郡は望月氏発祥の地である望月宿にも近い。だからといって、急に局面が変わるものでもなかろうと思っていたのだが、事実は違った。未だ引っ越しの荷も解《ほど》き切っていない頃、望月宿がある佐久《さく》郡の岸谷《きしや》村の名主、伊沢七兵衛《いざわしちべえ》が、なんと望月清志郎に御官途申請《おかんとしんせい》に訪れたのだ」

「御官途申請に？」

御官途申請は、家臣が主君に対して、確かに自分が家臣である旨《むね》を明記した官途状《かんとじょう》を要求することである。即《すなわ》ち、元はといえば望月氏の古譜代《こふだい》の家系に連なる伊沢七兵衛が、望月清志郎を望月氏の現当主と認めて、改めて己が家臣である確認を求めに来たのである。

「そうだ。やはり望月清志郎は、望月氏の末裔だったということだ」

「しかし、地元の名主が官途状を求めたからといって、望月氏の末裔と定まったわけではあるまい。その伊沢七兵衛が、誤っていることも十分にありえよう」

「ああ。だがな、嫡流が絶えている以上、この手のことは間違いないと定まるはずもないのだ。今回の果たし合いの関わりで言えば、真に正しいか正しくないかではなく、要は、望月清志郎が己を望月氏の末裔と信じることができるかどうかが鍵《かぎ》となる。そして、その視座からすれば、伊沢七兵衛の御官途申請は、十分に強力な確証となりうるものだ」

「そうと言い切れるものか」

「百姓は由緒書きを美しく飾って悦に入るために家系を調べたりしない。己の出自《しゅつじ》を武家に求めるのは、それによって村のなかで、さらには郡中で、優位に立つことができるからだ。即ち、家の成立ち、村の成立ちに直に結びついている。たとえば、浄土ケ原のような入会地を分け合うようになったときにも、村の位が物を言う。だから、金も時間もたっぷりかけ、抜かりなく由緒を調べ上げようとする。百姓にとっての由緒は、武家の槍《やり》だ。伊沢七兵衛は、おそらく望月氏の古譜代の家臣で間違いなかろう。

その七兵衛が御官途申請をしたとなれば、少なくとも、望月清志郎の確証の手掛かりとしては十分ということになる」

「なるほどな。それが、二十一年目の果たし合いの真相か。あとは、なぜ、その果たし合いが行われず、清志郎が腹を切ったかだが、これが、どうにも分からん」

勘蔵がそう言うと、それまで気持ちの揺れを抱えながらも、持ち前の明晰《めいせき》さを失わなかった真一郎が、急に口籠《くちごも》って押し黙った。

「実はな……」

焦《じ》れた勘蔵が自分のほうから言葉を発しようとしたとき、真一郎が再び壁と天井の際に目を遣って、ようやく語り出す。

「今回の南佐野の廻村はどうあっても実現しなければならなかった。それで、期日をずらしてくれるよう、望月清志郎に使いの者を送ったのだが、どうやら行き違いがあったようだ。なぜ、清志郎が腹を切ったのかは分からぬが、誠に申し訳が立たぬことをした」

「お前らしくもない言い訳だな」

いかにも取って付けたような話が気に障《さわ》る。いかに、蚕種業の育成が重要であるとしても、一度、約定した果たし合いの期日の変更を、間際になって申し出るような男ではない。きっと、理由は別にある。この男はいかにも、嘘が下手だ。

「約定した期日は、あの日で間違いないのか」

「ああ、間違いない」

即座に、真一郎は答えた。

「そういう理由では、お前がいざという段になって臆病風《おくびょうかぜ》に吹かれたと噂《うわさ》されても仕方ないぞ」

「致し方あるまい」

「俺としては、改革の旗印であるお前に疵《きず》をつけたくはない。以降の取り組みに支障を来《きた》しかねん。包み隠さず、ありのままを言ってくれ」

「済まんが、理由は言ったとおりだ。それではな。これより線香を上げに参る」

それだけ言うと、真一郎は席を立った。


なぜだろう。

御城を背にして歩を進めながら、真一郎は思う。

そして、繰り返し確かめた印籠の刻み文字にまた目を遣る。

三月七日、明け六つ。それは間違いない。

けれど、その前が違う。

約定の期日は、明和八年、三月七日、明け六つ。

三月七日は三月七日でも、去年の三月七日だ。

梶原勘蔵には、望月清志郎を果たし合いの約定の日を誤った武士にせぬために間違いないと言った。

が、正しい期日は、この小柄で彫った文字が記憶している。

去年の三月七日、明け六つ。真一郎は一昨日の清志郎のように鉢巻きを締め、襷《たすき》を掛けて浄土ケ原に立ち、そして、剣を抜くことなく戻った。

翌日、郡役所で普段と変わらぬ様子の清志郎を目にしたときは、姿を現わさなかったことを責める気持ちはまったく湧《わ》かず、きっと清志郎はもう、果たし合う気持ちを高い棚に上げたのだろうと思った。

いまから振り返れば、清志郎が果たし合いを諦《あきら》めるはずもない。

もしもそうなら、清志郎のことだ、預けた越中則重を直ぐに返して寄越しただろう。けれど、清志郎は戻そうとする素振りすら見せず、とうとう今年の三月七日まで一年、則重のことを口にさえしなかった。

それでも、真一郎が疑いを断ち切ったのは、そうと信じたかったことと、そして、もうひとつ、共に〝名君〟と出会ったからだ。

坂倉景山公ではない。

いや、武家ではない。

郡中惣代の、菅野作兵衛である。

菅野作兵衛こそは、この大名に頼れない国、佐野郡の、真の君主である。

佐野郡にとって、わずかな年月しか居ない大名家など、ただ邪魔なだけだ。いや、邪魔になるだけならまだしも、行きがけの駄賃よろしく収奪を働こうとしさえする。それでも気持ちを切らず、音《ね》を上げず、投げ出さず、繰り返しやって来る無知で短慮な武家をあやし、常に他に学び、自分たちを高めて、郡として進むべき方向へ着実に舵《かじ》を切っていく。

菅野作兵衛と比べれば、上《うわ》っ顔《つら》に擦り傷を負っただけで跳ね返り、武家の一分を持ち出す輩《やから》など、稚児《ちご》にも等しい。

野添家の惣領として、望月三郎と清志郎には、ずっと済まぬ気持ちを抱いてきた。虚偽と言われて直ぐに腹を切った三郎の胆力を、見上げたものと敬ってきた。けれど、菅野作兵衛を知ってからは、見える景色が変わった。

なんで、嘘とされたくらいで腹を切らねばならんのか。御国の成り立ちを担《にな》う者として、あまりに考え足らずであり、ひ弱ではないか。そんな浅薄なものが、武家の一分と言えるのか。それで百姓の一分に勝っているのか。

日増しに確信になっていく想いを、共に地方に当たる清志郎も抱いているのではないかと思った。むしろ、日々、村を巡る清志郎のほうが、〝名君〟との関わりはより深かったからだ。

けれど、このような事態に至ったからには、それは自分の勝手な想い込みだったのだろう。

去年、清志郎が姿を現わさなかったのは、今年と間違ったからということになるのだろう。

なぜだろう。なぜ、清志郎は間違えたりしたのだろう。

あれほど果たし合いに向けて己を律してきた男が、果たして期日を間違えたりするものなのか……。

本当に、清志郎は間違えたのだろうか。

いや、考えてみれば、それはおかしい。

もしも、間違って覚えていたとしたら、本人はその間違いに気づいていないはずだ。

正しい期日を知るのは印籠だけであり、自分を措《お》いて、間違いを指摘できる者は居ない。自分が言わない限り、間違いを間違いと気づく、折がない。

もしも相手が現れなかったら、なぜ約定を違《たが》えたのかと、抗議してくるはずだ。

なのに、その場で、腹を切った。

なぜだ。

なぜ、腹を切らねばならなかった？

なぜ……。

忘れた？

約定の日を忘れた？

あの望月清志郎が忘れた……。

なんで…………………………………………

# 夏の日

その男が血相を変えて飛び込んで来たのは、田植えが終わってようやく一段落が着いた、六月も半ば近くの朝のことだった。年は、宝暦《ほうりやく》八年。処《ところ》は、上野国《こうずけのくに》は西原郡《さいばらぐん》下《しも》久松村《ひさまつむら》の名主、落合久兵衛《おちあいきゅうべえ》の屋敷である。男は小前《こまえ》百姓で、名を利助《りすけ》といった。

名主の家に小前が厄介を持ち込むのは別段珍しくもない。が、それにしても利助の様子は尋常ではなかった。五十過ぎの男が子供のように狼狽《うろた》える様《さま》は、まるで背中に取り憑《つ》いた死に神を振り払おうとしているかのようで、たまたまその場に居合わせた誰もが視線を引き寄せられた。下久松村を知行地とする七百石の旗本、西島兵右衛門《にしじまへいえもん》の嗣子《しし》で、三日前から久兵衛宅に逗留《とうりゅう》していた雅之《まさゆき》もその一人である。

けれど、利助に注がれた西島雅之の眼差《まなざ》しは、直《す》ぐに手にした鮎《あゆ》釣り竿《ざお》に戻り、付き添っている西島家用人の渡辺加平《わたなべかへい》を促して、程近くを流れる石城川《いわきがわ》へと足を向けた。夏の陽《ひ》を照り返す川面《かわも》に、心が躍ったわけではない。浅草阿部川町《あさくさあべかわちょう》の屋敷を発《た》つ前から、雅之の胸の内はずっとある一つのことで塞《ふさ》がっていて、それより外《ほか》に考えを巡らせる隙間《すきま》がなかったのだ。結局、利助を恐怖に陥《おとしい》れた理由を聞いたのは、終日、釣り糸を垂《た》れたものの一尾《び》の獲物も得られずに戻って、久兵衛と共に夕餉《ゆうげ》の膳《ぜん》を囲んだ後だった。

「で、あれは、いったいなんだったのだ」

用人の渡辺加平が、出された茶を啜《すす》ってから言った。三年前に一帯を宝暦の飢饉《ききん》が襲って以来、領地に居るときは酒を振る舞われても断るようにしている。久兵衛らの懸命な取組みで、村は飢饉の前と変わらぬほどに復興したかに見えはするが、まだ疵《きず》が癒《い》え切ったわけではない。

「あれ、と申しますと……」

久兵衛が聞き返した。落合家は小田原北条家旧臣《おだわらほうじょうけ》の由緒《ゆいしょ》を持つ下久松村の草分け百姓で、百五十余年前からずっと名主を務めている。近年は、持ち高の小さい小前の声も強くなり、惣《そう》百姓の入れ札《ふだ》で名主を選ぶ村も増えてきたが、元はといえばすべての土地が落合家のものだった下久松村では、まだ武家の主従と重なる昔の気風がそのまま生きていた。

「今朝、ひどく怯《おび》えていた男のことだ」

「ああ……」

久兵衛は加平とほぼ同じ五十代の半ばで、痩《や》せ気味の体型も、実直そうな風貌《ふうぼう》も驚くほどよく似ている。髷《まげ》さえ見なければ、まるで兄弟のようである。

「利助の件でございますな」

言いにくそうに、久兵衛は言った。

「実は、今朝、起きてみたところ、家の壁に火矢が放たれていたそうでございます」

「真《まこと》か」

村方で言う火矢は、火の点《つ》いた矢ではない。言うことを聞かなければ家に火を放つという、脅しの文《ふみ》を結んだ矢のことである。

「村方騒動に火矢は付き物ですが、この村に限ってはついぞなかったこと。地頭様《じがしら》の御領地をお預かりする者として、面目《めんぼく》次第もございません」

百姓は、知行地の領主を地頭と呼ぶ。

「で、矢文《やぶみ》はなんと言ってきたのだ」

その地頭である西島家の内証は、すべて領地からの収穫に依《よ》っている。年貢《ねんぐ》だけではない。祝儀《しゅうぎ》、不祝儀、屋敷の建替えや修繕……事あるごとに、領地から才覚金やお手伝い金を得る。つい、ふた月ほど前、雅之が二十二歳にして初めて書院番《しょいんばん》に番入りしたときも、時期が時期ゆえ抑えたとはいえ、御披露目の費用として数十両のお手伝い金を命じた。そうした、領地との諸々《もろもろ》の交渉に当たるのが渡辺加平だ。村に関することは、できうる限り知っておく必要があった。

「裕福であるにもかかわらず、飢饉の際になにも供出しなかったのは怪《け》しからん。ついては、救荒《きゅうこう》用に新たに整えた村の義倉《ぎそう》のために三百両を差し出せと」

「三百両！」

「はい」

「また、随分な額だが、利助とやらの持ち高はどれほどなのだ」

「五石七斗と、五升でございます」

「ならば、この下久松村ではむしろ小さいほうではないか。それで三百両とは、どういう了見なのだ」

「利助はたしかに百姓ですが、また、商人でもございます。村人に金を貸し付けては、その返済を蚕の繭《まゆ》や大豆、米といった現物で受け取ります。それらを売りさばくことで、身代《しんだい》を大きくしていったのでございます」

「たしかに、昨今はそういう百姓の顔をした商人が増えていると聞くが、ここだけは縁がないと思っておった」

享保《きょうほう》から元文《げんぶん》、そして宝暦へと時代が進むに連れて、在方《ざいかた》も急速に変わりつつある。

豪農とされる百姓のほとんどは肥料をはじめとする商いに手を染めているし、町方に土地を買って貸すなどしている。しかし、武家の習俗を尊ぶ落合家が支配する村は、殊《こと》の外《ほか》、変化が緩かった。

「おっしゃるように、下久松では利助だけでございました。おのずと人の目に付きやすく、風当たりも強くなります」

「で、利助はお主になんと言ってきた」

「飢饉の前はともあれ、いまの自分に三百両を動かす力などあろうはずもない。もはや十両さえ自由にならない。いったい、どうしたらよいものかと」

「それが真ならば、飢饉で商いに手ちがいが生じたか」

「物の値動きも随分と激しゅうございますれば……。わたくしの見る限り、利助の言葉に嘘《うそ》はないと思われます」

「それで、お主はいかがいたすつもりだ」

地頭としては、知行地の無事が脅《おびや》かされて良いことはなにもない。納めるほうも受けるほうも、乾いた雑巾《ぞうきん》を絞るようにして凌《しの》いでいる昨今だ。百姓一人欠けるだけでも大きな痛手になる。なんとか騒動に至らぬように、事態を収拾しなければならない。

「明日、村方三役の寄合がございます。火矢を放ったのが村の者であるとすれば、おそらくは小前百姓のなかに居ると思われますので、彼らに近い、百姓代《ひゃくしょうだい》のほうから能《よ》く言って聞かせるようにいたします。それでも収まらぬようであれば、即刻、わたくしが村人全員を集めて説き伏せることにいたしましょう」

口で説くだけで物事が収まるとは思えぬ昨今だが、この村ではきっと十分なのだろう。これまでもずっと、村は落合家当主の号令の下に整然と動いてきた。その美質が見事に発揮されたのが、宝暦五年の飢饉への取組みだ。

二百十日に至っても田の一分ほどしか出穂《しゅっすい》していないことをいち早く見て取った久兵衛は、自ら隣国の信濃国へ出向き、私財を抛《なげう》って大量の米や雑穀を手当てした。刈り入れの秋になってみれば、怖《おそ》れたとおり田は一面の不実《ふじつ》と白穂《しらほ》で、茫然《ぼうぜん》と立ち尽くす村人に、蓄えていた食糧を無償で分け与えた。

その上、収入の当てがなくなった彼らのために村外《はず》れにある沼の干拓事業を起こし、西島家が御公辺《ごこうへん》に掛け合って決まった石城川の川除普請《かわよけぶしん》が始まるまでの四ヶ月間、毎日、村人全員になんとか喰い繋《つな》いでいけるだけの日当を支払った。飢饉の後に、百姓の姿が消えた亡処《ぼうしょ》が一枚も出なかったのは、偏《ひとえ》に久兵衛の奮闘に依る。

落合久兵衛は周りの村々はもとより他領からも名主の鑑《かがみ》と称《たた》えられ、この春、宝暦の飢饉からの復興に尽力した者を江戸の書肆《しょし》がまとめて板行《はんこう》した「仁風総覧《じんぷうそうらん》」でも、真っ先に紹介された。西島雅之と渡辺加平が今回、知行地を訪れた表向きの理由にしても、脚気《かっけ》が進んで長くは歩けなくなった父の兵右衛門に代わって久兵衛を顕彰し、苗字《みょうじ》帯刀を許すためだ。村のことは久兵衛に任せていればまちがいはなく、下手な手出しはむしろ邪魔になりかねなかった。

「久兵衛はこのように申しておりますが、いかがいたしましょうか」

加平が、座敷の上席に座る雅之に軀《からだ》を向けて、伺いを立てる。形の上では、最後に断を下すのは、地頭、西島兵右衛門の名代である雅之である。本来、地頭は、年貢等の徴税権のみならず、名主の任命権を持つ。久兵衛とて、西島兵右衛門の承認を得なければ名主には就《つ》けない。加えて、ほぼ完璧《かんぺき》な裁判権さえ有する。あらかたの藩の知行取りが、吟味だけは藩法に従うのに対し、旗本の地頭は江戸の評定所に顔を向ける必要がない。来《きた》るべき戦に備えて、領地の一切を統制する武家本来の習いが、未《いま》だに貫かれている。

「それで、構わぬのではないか」

しかし、雅之は力のない声で答える。地頭の君臨はあくまで形の上である。下久松村に限っては、久兵衛こそが真の領主だ。それに、もはや久兵衛は百姓ではない。既に、昨日、苗字帯刀の儀を執り行った。今日からは、頂いてはいても公《おおやけ》には名乗れなかった落合の姓を堂々と口にすることができるし、落合の家に代々伝わる刀を、人目に付かぬ暗がりから救い出すこともできる。

「いや、そうするのがよい」

己の発した言葉が、それにしてもおざなりに思えて、雅之は言い直す。ともあれ、自分は地頭の名代である。あてがわれた役だけはこなさなければならない。

「火矢など、二度と放たせてはいかん」

一応の形をつくって唇を閉じると、雅之の意識はまた、ずっと胸の内を塞ぎ続けているものに向かった。

番入りしてから、まだ、ふた月と経《た》っていない。

なのに、こうして御役目を離れてしまった。一刻も早く、御当代様《ごとうだいさま》を間近でお護《まも》りする書院番士に復帰しなければならない。

しかし、ほんとうに自分は、あの場処に戻ることができるのだろうか……。

西島雅之が書院番士を欠番するに当たって提出した願い状に、知行地の名主、落合久兵衛を顕彰するという文字はどこにも見当たらない。

そのふた月ほど前より始めた慣れぬ形稽古《かたげいこ》で相手の木刀を受け損ね、肩を痛めたために、西島家の知行地がある上野国の磯部《いそべ》温泉で治療に当たりたいという趣旨が認《したた》められている。

が、その理由にしても、父親の西島兵右衛門の指示で、渡辺加平が練ったものだ。事実は、先任番士たちの苛《いじ》めに遭って、気づけば、書院番士が詰める表御殿虎間《とらのま》から遠ざかるようになっていたのである。

初めて番を空けてしまったときは大いに悔い、次の登城日にはしっかりと供連れを整えて、浅草阿部川町の屋敷を出ようとした。けれど、軀を運べたのは玄関先の踏み石の処までで、門に目が行って足が揃《そろ》うと、それっきりどうにも動こうとしなかった。

そんな日が二度も続くと、もはや身支度をする気も失《う》せていた。

まさか自分が引き籠《こも》るとは想《おも》ってもみなかった。それよりなにより、苛めに遭うと想っていなかった。なにしろ、雅之は弱冠二十二歳にしていまをときめく中西派一刀流の目録を許されている。新参者に苛めは付きものと承知してはいたものの、自分が獲物になるとは露《つゆ》ほども考えていなかったのである。

それに、御当代様に近侍《きんじ》してお護りする書院番と小姓組番《こしょうくみばん》は、五千二百家余りある旗本のなかでも特に選ばれた両番家筋《りょうばんけすじ》の惣領《そうりょう》のみで編成される。いわば旗本のなかの旗本である家筋《いえすじ》の嗣子ともあろう者が、本当にそんな子供じみた真似《まね》をするのかという疑念もあった。

実際、出番をしてから十日程は、雅之にちょっかいを出す者は誰も居なかった。それどころか、雅之が所属する本丸書院番五番組の組頭《くみがしら》も同僚も皆、雅之の目録を知っていて、「是非、折りを見て一手、御教示願いたいものだ」とか「西島殿とは仲良うせねばならんな」などと言って笑顔を向けてきた。

新任番士の指導に当たる張役《ちょうやく》の中根《なかね》左京《さきょう》も常に笑みを絶やさず、ひと回りばかりも齢上《としうえ》らしい周到さを見せて、あれこれと導いてくれる。だから、それよりまた十日程が経って、うっかりして財布を忘れてきたという左京から金子《きんす》の借用を申し入れられても、二つ返事で承諾した。初の出仕《しゅっし》で、なにがあっても慌《あわ》てずに済むようにと、そこそこの金を持たされていた。そのあらかたを渡したときも、左京の役に立つことができてよかったと思ったものだ。

が、左京のうっかりはその日だけで終わらず、ほとんど間を置かずに二度、三度と繰り返された。さすがに、四度目は不審に思い、それとなく最初の貸金の返済を求めると、左京はいつもの穏やかな笑顔を急に消して、「その言い草は、どういうことだ」と吐き捨てるように言った。そして、続けた。

「俺は、誰彼構わず借りるわけではないぞ」

左京がなにを言わんとしているのか、皆目、見当が付かなかった。

「お前を見込んでいるからこそ、金を借りてやっているのだ。金など借りたくもないのに、俺とお前とのせっかくの縁をさらに太くしようと、努めて借りているのだ。そんなことも分からんか」

分かるはずもなかった。

「なのに、お前はありがたいとも思わず、あまつさえ返済を求めさえする。俺の苦労が、まったく届いていない。さすがに、俺とて力が抜ける。もう、よい。お前がそういう存念なら、こっちもこっちでやることにしよう」

そう言い捨てて背中を見せた左京の様子はあまりに堂々としていて、思わず自分が心得ちがいをしているかのような気にさせられ、一人になったとき、幾度となく言われたことを反芻《はんすう》してみた。けれど、当然のごとく意味は伝わらず、はて、これよりどう接したものか、頭を悩ませたのだが、次の出番の日に登城してみれば、雅之が考えを巡らせるまでもなかった。左京は雅之と目を合わさず、ひとことも口をきかなかったのである。

書院番士の出番は月に数日しかなく、あらかたの時間は虎間に控えるだけとはいえ、張役からの指示をまったく当てにできないのでは、御勤めに支障が出かねない。仕方なく同役に尋ねたとき、雅之は、自分に口をきかないのは中根左京だけではないことを知らねばならなかった。そして悟った。これが苛めか、と。

それからははっきりと、子供じみた嫌がらせも始まった。午《ひる》になって開けた弁当に、虫やゴミ屑《くず》が入っていたのは二度や三度ではない。実際にやられてみれば、苛めというのは子供じみているほど効く。大の大人がこんな馬鹿《ばか》げた真似をするのかと呆《あき》れる余裕などさらさらなく、自分が馬鹿げた真似の標的になったことがただただ情けない。何度かすると、弁当箱を見るのも怖くなり、登城の途中、伴連れの小者に与えるようになった。そういう自分がまた、自分を傷つける。そんなことでしか対処できない己を思い知らされるに連れ、ますます怯えは深まっていった。

だから、ひと月ほど前の五月半ば、中根左京が虎間近くの廊下で久々に声を掛けてきたときは、恐れが渦巻くなかにも、光の筋を見てしまった。そんなことがあるはずもないのに、これで、ようやく罰の期間が終わるのではないかという、淡い期待に縋《すが》った。しかし、それはやはり、新たな罰の始まりだったのだ。

「次のお前の出番だがな」

薄ら笑いを浮かべながら左京は言った。

「七月の四日だ」

「と言われますと、六月は出番がないということでしょうか」

「ああ、ない」

「ひと月、まったくない、ということは……」

「おかしいか」

「はい」

「さすがに、愚鈍なお前でも分かるか。そうだよ、嘘だ。大嘘だ。どうする、出番で嘘つかれて。困るだろ。番士が無断で御当代様の警護に穴を空けたら、腹切るだけじゃ済まんぞ。お前の家だって召し放ちだぞ」

言葉が言葉になる前に、ばらばらになり、腹の深くで、ごつごつとした重いものがぶつかり合った。

「なあ、西島。お前は、自分は中西派一刀流の目録だから、みんなが一目《いちもく》置くくらいに思っていただろう」

左京はそう言うと、周りから見えないように、拳《こぶし》で雅之の右の脇腹《わきばら》を小突いた。本音を言い当てられた腹が、音にならない悲鳴を上げた。

「勘違いなんだよお、そいつは。だって、仲間内でほんとうに抜いたら、どっちみち御仕置きだぞ。分かるか。いくら腕が立っても、抜けねえんだよ。番方《ばんかた》のなかの番方のはずの俺たちはさ、実は抜けねえ刀を差してるんだ。抜けねえ刀なんて、ちっとも怖かねえ。そんなことも分からねえで安心してる馬鹿なお前がなんとも鬱陶《うっとう》しくてさ」

今度は、左の脇腹を小突く。

「それに、お前はな。抜いていいって言われたって抜けねえよ。腹が据わってねえんだ。中西派一刀流の目録なんていう大層な鎧《よろい》を着込んでいるだけで、中身はすっかすかだ。俺みたいに、もう十二年も虎間に置き去りにされている擦れっ枯らしが見るとさ。お前みたいに空っぽな奴《やつ》は直ぐに分かっちゃうんだよ。情ねえなあ、西島。せっかく腕は立つのに、肝が蟻《あり》みたいに小っちゃくてさ。俺みたいな、ろくに道場なんぞに通ったこともねえ奴に、こんなことをされてさ」

最後は鳩尾《みずおち》に、正しく拳を突いた。胃の液の酸《す》っぱさが、固く唇を結んだ口のなかをいっぱいに満たした。

「お前みたいに鬱陶しい奴はさ。やっぱり消えたほうがいいんじゃねえか」

そうして左京は、雅之の堪《こら》える顎《あご》を撫《な》でた。

「お前もそのほうがいいだろ。空っぽは、ほんとうに空っぽになったほうがいいって思うだろ。なあ、せいせいしようぜ。お互い、楽になろうぜ。消えちゃえよ。もう、すっきりとさ、仏さんになっちまえよ」

浅草阿部川町の屋敷に戻り、父の兵右衛門から、ただならぬ様子を問い質《ただ》されると、雅之はただの子供になって涙をこぼした。そして、不甲斐《ふがい》ない己を詫《わ》びた。

父は年の功で、直《ただ》ちに渡辺加平を呼び寄せ、病気欠番の願い状を出させた。二度と立ち直ることができなくなるまで、気持ちが痛めつけられることがないように、時間を稼ぐのが先決と診《み》たらしい。

それでも雅之は、なんとかして登城しようとした。けれど、軀はまったく言うことを聞かず、最後は、下久松村へ出向いて名主の落合久兵衛を顕彰せよという、兵右衛門の言葉に頷《うなず》いたのだった。

翌朝、名主、久兵衛と、補佐役の組頭《くみがしら》、そして、百姓側の声を伝える立場の百姓代の村方三役による寄合が、村外れの諏訪《すわ》神社で開かれた。

雅之と加平は、村方による最初の寄合ということで、出席を控えた。形をつくる役割を果たす者は、用意万端、整ってから登場しなければならなかった。

とはいえ、今回に限っては、舞台はなかなか組み上がりそうになかった。

利助の家に放たれた火矢の問題をどう収拾するかという案件は、その朝になって急《きゅう》遽《きょ》ちがう案件に替わった。早朝、村の薪炭場《しんたんば》となっている山沿いの雑木林で、背中を刺された利助の亡骸《なきがら》が発見されたのである。寄合は、利助を殺した者を、どうやって捜し当てるかを協議する場となったが、話はなかなか前へ進もうとしなかった。

藩領で事件が起きれば藩に届ければよいし、幕府御領地ならば代官所に届ければよい。けれど、下久松村は西島氏を地頭に頂く旗本知行地だった。事件の始末は、村役人が自ら村掟《むらおきて》の下に進め、村としての仕置きを固めてから地頭に伺いを立てなければならない。

しかしながら、下久松村の村掟には、人殺しに関する定めがなかった。落合家による縛りが隅々まで行き渡ってきた村では、もうこの数十年、事件らしい事件もなく、たまにあっても、金の貸し借りといった出入筋《でいりすじ》がもっぱらで、吟味筋はといえば痴話喧嘩《げんか》に毛が生えた程度の、五人組の内済で収まってしまうくらいの騒ぎしかなかった。他領の者ならともかく、村人が村人を殺《あや》めるといった事態はまったく想いの外であり、いったいどうやって探索を進めていけばよいのか、誰も策を持っていなかったのである。

百姓代は、たとえ火矢が放たれたのは事実にしても、村の百姓が利助を手にかけるはずもないから、犯人は他領の者に決まっている。だから、この件は、村内だけでどうこうしようとせず、西原郡全体を取り仕切る役回りの百姓である、郡中惣代《ぐんちゅうそうだい》に預けるべきだと言った。

一方、組頭は、いまの郡中惣代は隣り合う山倉《やまくら》藩七万石の半原《はんばら》村の名主だから、話を持ち込めば、結果として山倉藩の役人の干渉を受けることになる。山倉藩とは境界の入会地の所属の問題で係争が続いているので、それはなんとしても避けるべきだろうと主張した。

では、いったい誰がどうやって犯人を見つけ出すのだという段になると、二人の話はあっちへ飛び、こっちへ飛んだ。そして、いつもならば、まるで手妻《てづま》のように、最後の最後になって誰もが腹に落ちる策を口にする久兵衛はといえば、じっと黙したままだった。

とりあえず唇を動かしながら、名主の命令を待っていた二人は、午過《ひるす》ぎになって久兵衛が発した「では、それぞれに案を煮詰めて、明後日、また話し合うことにいたそう」という言葉を聞いて、互いに顔を見合わせ、落合家の当主といえども、やはり不得手なものはあるのだと思い知るのだった。

それからどこでどうしていたのか、久兵衛は、蟬《せみ》の声に夏虫の声が置き代わった時分に屋敷に戻ってきた。いつになく破《や》れて見えたのは、ずっと火矢とも人殺しとも無縁だった落合家の王国が、自分の代になって、一日にして崩れ落ちてしまったからだろうか。雅之と加平の二人と顔を合わせると、変わることなく作法に則《のっと》った挨拶《あいさつ》を寄越したが、その目はどこか遠くを見ているようだった。

それでも、夕餉を終えた頃には、随分と元気を取り戻して、二人との雑談に興じ、しばらくすると、なぜか自分のほうから一昨日の苗字帯刀の儀を話題に持ち出して、雅之に、家に伝わる刀を見てもらえないかと言った。

「身に余る御下知《おげち》を内々に頂戴《ちょうだい》していたため、ずっと仕舞い放しだった大小を相模国《さがみのくに》の小田原に研ぎに出しました。つい先日、戻ってまいりましたので、誠に不躾《ぶしつけ》なお願いとは存じますが、滅多にない機会でもあり、若殿様に改めていただけませんでしょうか」

最寄りの山倉藩城下の笠原《かさはら》でも、江戸でもなく、小田原の研師に出したという振舞いが、北条氏旧臣の末裔《まつえい》である落合久兵衛の想いを伝えて、西島雅之は二つ返事で承知した。表御殿虎間の記憶はずっと引き摺《ず》り続けてはいたが、それでも、自分たちが日々喰い、使っている米や金を生み出す人々の暮らしを目《ま》の当たりにし、雨上がりの茸《きのこ》のように涌《わ》き出すわけではないことを噛《か》み締めて、そうしたこの世の真の担《にな》い手を束ねる久兵衛の姿と間近で接するうちに、他のことを想う気持ちの隙間も少しずつ空き始めていた。

「名物《めいぶつ》、というわけにはまいりませぬが……」という言葉とともに差し出された刀の鞘《さや》を払ってみると、刃長《じんちょう》は二尺五寸を優に越えており、その刀が戦国の終わりを境として、ずっと仕舞われていたことを伝えた。平和な時代が訪れると、幕臣が御城へ上がる際に帯《お》びる刀の定寸《じょうすん》は二尺三寸五分より下と規定され、あらかたの藩もその定めに従った。合戦場《かっせんば》で白刃をきらめかせた長刀たちはこぞって茎《なかご》を摩《す》り上げられ、身を縮めたのである。

もとより雅之はまだ二十二歳の若輩で、慶長よりも前の古刀の名物を目にする機会は数えるほどしかなく、目利《めき》きなどできるわけもない。それでも、定寸を突き抜けたその姿と、けれん味のない中直刃《ちゅうすぐは》の刃文《はもん》からは、なんとも言えぬ伸びやかさが届いて、気持ちがふっと軽くなり、思わず久兵衛に、「振ってよいか」と尋ねた。久兵衛は相《そう》好《ごう》を崩して、「是非に」と答えた。

あらためて鞘に収めて腰に差し、棟を滑らせて抜刀してみると、想う手の内が自然と定まり、見る刀ではなく振る刀であることがまざまざと伝わった。別《わ》けても堪《こた》えられないのが、手の内と殺《さつ》が一体となることである。刀は、鍔元《つばもと》から剣尖《けんせん》まで、防、制、殺の三つに分けられる。防で堪え、制で御《ぎょ》し、殺で叩《たた》き斬《き》る。その殺が、我が軀のごとくに諸手《もろて》と繋がって、想う太刀筋を自在に描くことができる。二尺五寸を越える刃長はまったく気にならない。雅之はひとしきり振り続けると、さながら書家と名筆の出会いを想い浮かべながら鞘に納め、久兵衛に戻した。

「いかがでございましょうか」

久兵衛は言った。

「見事だ」

即座に、雅之は答えた。

「実にもって見事だ。太刀筋に淀《よど》みがなく、意のままである」

「それは嬉《うれ》しゅうございます。相州《そうしゅう》の康国《やすくに》にございます」

久兵衛は心より喜んでいるように見えた。

「室町の終わりの作刀で、古刀としては新しく、また、産地も相州ではございますが、鎌倉ではなく小田原です。末相州とも小田原相州とも言われ、代付けを見れば値打ちとは申せません。ですが、わたくしは大いに気に入っております。なにしろ康国は、北条氏三代様……」

そこで、久兵衛は軽く頭《こうべ》を垂れてから続けた。

「……北条氏康《うじやす》様の抱え工でございました」

「氏康様といえば、小田原北条氏に全盛期をもたらしたお方だな」

渡辺加平が言葉を挟んだ。

「さようでございます。智略《ちりゃく》を尽くして戦国の世を乗り切り、小田原という、西の山口と並ぶ東国最大の町を築かれました。当時の小田原は大きいだけでなく、路《みち》に塵《ちり》一つ見ることのできない清らかな町であったと称えられております。即《すなわ》ち、内政がすこぶるうまく運んでいた証左と申せましょう。検地は正確で、年貢は公平であり、訴訟は公正でした。わたくしは三代様を戦国の英傑《えいけつ》ではなく、戦国にありながら、誰よりも民のために尽くされた御方と存じております」

久兵衛が、自分の由緒に関わる話を、西島家の人間を前にして話すのは初めてのことだった。

「虫が馬に対して、同じ生き物と語るようなものではございますが、わたくしは、慶長より受け継ぐ、この下久松村の名主の役目を果たせそうにないと感じたとき、いつも、長持からこの康国を取り出して、三代様に想いを馳《は》せておりました」

きっと、飢饉の際のことを言っているのだろうと雅之は思った。次々と襲ったのであろう、いつ、挫《くじ》けても不思議はない難儀に想いを馳せたとき、己の内側で、また少しだけ、表御殿虎間が小さくなったのが分かった。そして、久兵衛を悩ませているにちがいない利助の事件についても、舞台が仕上がるのをただ待つのではなく、地頭としてなにかできることがあるのではないかと考えたが、それを口にするだけの覚悟はまだ伴わなかった。

三人がともに唇を閉じ、夏虫の音がひときわ強く響いて、そろそろお開きかと思いかけたとき、久兵衛が慌てた素振りを見せて、再び声を発した。

「申し訳ございません。わたくしのほうから改めていただきたいとお願いしておきながら、邪魔立てをしてしまいまして。ささ、続きをお願いいたします」

一瞬、雅之は久兵衛がなにを言っているか分からなかった。康国の見立てなら、もう終わっている。思わず、訝《いぶか》る顔を浮かべると、久兵衛は言った。

「脇差《わきざし》が、残ってございます」

たしかに、脇差はまだ見ていない。が、この場ではもう、見ずともよいのではないかと、雅之は思った。刀工のなかには刀よりも脇差のほうに芸を見せる者も居るが、久兵衛が康国に寄せる想いは、北条氏康との縁ゆえであって、造りそのものではあるまい。ならば脇差は、なんとしても改めなければならないものでもないはずだ。さて、それをどう伝えたものかと顔を向けると、久兵衛は雅之が注いだ目をまともに捉《とら》えて、一語一語をたしかめるように言った。

「是非とも、お願い申し上げます」

そして深く、頭を下げた。

そこまでされれば是非もなく、雅之は久兵衛の前に置かれた康国の脇差を手に取った。

それでも、真意は量りかねたままで、おもむろに鯉口《こいくち》を切り、顕《あら》われた刃文に気持ちの定まらぬ目を向ける。

と、次の瞬間、雅之の手が止まり、そして剣尖まで抜き切らぬうちに、素早く鞘に戻した。そして、言った。

「脇差も、研ぎに出したのだな」

「はい」

しっかりと雅之の目を見て、久兵衛は答えた。

「久兵衛」

雅之は続けた。

「庭を案内《あない》せい。月が見たくなった」

そう言ってから、加平を制して、立ち上がった。

天正《てんしょう》の昔、この地に落ち延びた落合家の当主は、きっと戦国の世が終わるとは思っていなかったのだろう。

まるで、戦国領主の陣屋のような屋敷を、彼は構えた。いや、いまでも、落合家の屋敷は陣屋そのものだ。広大な敷地のなかには、かつては軍馬を育てていた秣場《まぐさば》があり、いったん事があれば弓や竹槍《たけやり》の武器庫となる竹林があり、そして、先祖と共に闘うための屋敷寺《やしきでら》がある。屋敷内にもかかわらず、すべての備えを巡ろうとすれば、一刻《いっとき》はかかると覚悟しなければならない。

おのずと、人目に付かぬ場処には事欠かない。濡《ぬ》れ縁《えん》から庭に降りて、サツキが囲む路に歩を進めた雅之は、口を噤《つぐ》んだまま屋敷寺を過ぎ、有事に飲み水を確保するために引き込んだ小川を渡り、脂《やに》を取る松林を抜け、梅林のあいだを縫って、竹林の傍《かたわ》らで足を停めた。ここならば、万に一つ、人の耳があっても、竹の枝葉の擦《こす》れ合う音が話し声を掻《か》き消してくれるはずである。

辺《あた》りに灯りはまったくないが、日は十三日で、藍色《あいいろ》の空には満月近くまで育った月が架かっている。青い光が、わずかに揺れる竹林を、収穫を間近に控えた梅の実を照らしている。その青い光に浮かび上がる久兵衛を見遣《みや》って、雅之はようやく重い唇を動かした。

「聞こう。あれは、どういうことだ」

いましがた抜いた康国の脇差に、雅之はありえぬものを見た。研ぎから上がったばかりで、鏡のように清らかな光を放つはずの刃文が、脂《あぶら》で曇っていたのである。血の脂であるはずもないとは思ったが、直ぐに瞳《ひとみ》は、剣尖近くの刃が欠けているのを捉えた。となれば、康国がどのように使われたのかは、もう考えるまでもなかった。

先刻の、雅之に脇差を改めるように仕向けた久兵衛の振舞いにしても、進んで白州《しらす》に座したと見なすべきだろう。とはいえ、雅之はこの期《ご》に至っても、利助の死と結びつけて考えることはしなかった。なにしろ、久兵衛は「仁風総覧」の巻頭を飾る者だった。誰よりも、人を生かす者だった。その久兵衛が、そもそも人を手にかけるわけがない。きっと、あの康国は狸《たぬき》を突いたのであろうと、狐《きつね》を突いたのだろうと、己に言い聞かせながら、ここまで軀を運んできた。

けれど、久兵衛は、狸を突いたとは答えなかった。狐を突いたとも答えなかった。

いきなり久兵衛は、聞きたくない名前を持ち出した。

「利助は、ただの小前百姓ではございません」

それはもう聞いた、と雅之は思った。利助はこの村でただ一人の、商いで身を立てている百姓だった。

「元々は我が落合家の、門屋《かどや》でございました」

月の青い光と釣り合った声で、久兵衛は、雅之が思ったのとはちがう話を語り始めた。聞きたくはないが、聞かねばならんのだと、雅之は腹を据えた。ゆっくりと大きく息をして、丹田《たんでん》に気を送ったとき、己の内に棲《す》む地頭を、はっきりと意識した。

「門屋、とな」

雅之は言った。門屋は、持ち高の大きい長百姓《おさびゃくしょう》の家の奉公人である。その多くは、元はといえば戦国領主の家臣であり、もしも徳川の世を迎えても主家がそのまま武家を続けていれば、家臣もまた武家となったはずだった。が、落合家のように主家が土着して百姓になれば、家臣は百姓の奉公人とならざるをえない。武家に仕える者は主家の身の振り方ひとつで、武家にも、百姓の下僕《げぼく》にもなったのである。

「自分の耕す田畑を持たない門屋は、処によっては小作《こさく》よりも軽んじられます。元々は武家であったにもかかわらず、主家が百姓を選んだばかりに、依る縁《べ》ない身分に落とされてしまった。あらかたの門屋は気持ちの底に、そういうわだかまりを抱えていると申せましょう。それだけに、門屋から出た百姓と、主家との関係は良いとは申せません。しかしながら、この下久松村に限っては別でございました。御先祖が、常に門屋の扱いに配慮を見せてきてくれたゆえでございましょうか、諍《いさか》いの類《たぐい》はなにもなかった。それどころか、彼らのほうから進んで、落合家を支えてくれました」

竹林がざうと揺れて、その向こうの森からは梟《ふくろう》の鳴く声が届いた。

「なかでも、百姓となってからもずっと力を貸し続けてくれたのが利助です。下久松村の落合家の由緒は郡中でも知れ渡っており、もはや、変わりたくても変われない有り様になっておりました。村人の、そして郡中の目に合わせて、ひたすら家法を守り抜くしかなかった落合家の当主に代わって、世の中の新しい動きに進んで触れ、さまざまな智慧《ちえ》と知識をもたらしてくれたのが利助でございます。おそらくは商いに手を出したのも、落合家の耳目《じもく》とならんとしてくれたのではないでしょうか。お蔭《かげ》で、わたくしの一存であれば避けられなかったであろうさまざまな失敗を、未然に防ぐことができました。わたくしのような発明に欠ける者が名主を務めてこられたのも、突き詰めれば利助のお蔭なのです」

ならば、なおさら、久兵衛が利助を殺めるわけがない。きっと、自分は早合点をしたのだと、雅之は思った。久兵衛は利助を刺した理由を語ろうとしているのではなく、利助を失った哀《かな》しみを語ろうとしているのだ。康国の脇差については、また別の、話があるのだろう。そう言えば、近頃、飢饉の際に主《あるじ》を失った犬が群れをつくって一帯をうろついているらしい。久兵衛はこの後で、野犬を退治した話をするのにちがいない。雅之はふっと息をついて、久兵衛の次の言葉を待った。

「利助は智慧や知識を授けてくれただけでなく、商いで蓄えた金銀を役立ててくれと申し出てもくれました。門屋だった利助には、落合家が立派なのは押出しだけで、内証が火の車であることは分かり過ぎるほど分かっていたのでしょう。実際、金が金を産む当世にあって、田畑よりの収穫のみで落合家の身代を保つのは、至難の業《わざ》でございます。幾度、利助の申し出を、受けようと思ったかしれません。世の中には、そのようにして人を欺《あざむ》こうとする輩《やから》が群れておるのは承知しておりましたが、利助ならばその怖れも抱かずに済みました」

思わず、表御殿虎間に立つ中根左京の顔が浮かんで、そうとも言えまいと思った。番入りするまで、そういう輩とまったく無縁だったために、あまりに呆気《あっけ》なく罠《わな》に落ちてしまったが、世の中には、毒ではちきれんばかりの者も居る。あるいは利助とて、武家だった自分の先祖を百姓の下僕に陥れた落合家に、報復をしようとしていたかもしれない。身代を潰《つぶ》そうとしていたのか、乗っ取ろうとしていたのかはともあれ、支え続けることで一切の心の鎧を外させ、無防備にしたところで、一気に奈落《ならく》に突き落とすつもりだったのかもしれない。早合点を悔いた気持ちはまた消えて、久兵衛の話の先を恐れた。

「ですが、利助の援助を受けるのはなんとか踏みとどまりました。利助の善意を疑ったわけではございません。己の性根《しょうね》を疑ったからでございます。盤石のように見せながら、その実、いつ落ちるか分からぬ綱渡りを繰り返して、なんとか代を繋いできた落合家です。いったん、楽を知ったら、もう二度と綱に上がろうとしなくなるのは火を見るより明らかと思えました。利助の気持ちがどこにあろうと、結果としては同じで、遅かれ早かれ、落合家は没落の憂《う》き目《め》に遭うことでしょう。わたくしは必死で堪えました。目を真っ直ぐに戻して、百姓の本分を貫こうといたしました。しかし、三年前、私の綱渡りでは、もう、どうにもならぬことが起きたのです」

そこか、と雅之は思った。そこで、飢饉が出てくるのかと溜息《ためいき》をついた。

「世の中では、わたくしは私財を抛って食糧を確保し、村人を餓死から救った名主とされております。ですが、落合家に、そんな私財などございません。蔵は三棟も建っておりますが、なかに収まっているのはがらくただけで、米俵も小判もなかった。ですから、わたくしの手柄とされている沼の干拓事業についても、わたくしにできるわけがございません。もう、お気付きとは存じますが、すべては利助が膳立てしたことなのです。信濃国へ米の買い出しに行ったのも利助なら、全財産を抛って沼を埋め立て、村人に日当を与えたのも利助です。わたくしはただ指揮をする振りをしていただけでございました」

いまや江戸でも知られるようになった伝説の名主は、直ぐ近くに居た。

「わたくしは幾度も利助に、お前が表に立て、と申しました。利助を門屋の出と軽んじていた村人を、見返してやる絶好の機会であると申しました。誰もが利助にひれ伏し、施しを乞《こ》うのでございます。頑《かたくな》に目を塞いできた利助の出世を、否応《いやおう》なく認めざるをえません。いまこそ先祖の名誉を取り戻すべきときであると、利助を焚《た》き付けました」

夏虫の音が、ひときわ強く響いた。

「ですが、利助は、自分では村を救うことはできないと申しました。なかには、門屋の施しは受けないと村を離れる者も出るはずである。それでは、開村以来、一枚の亡処も出さずにきた下久松村の名折れになる。また、沼の干拓にしても、落合家の当主が号令をかけるからこそ、事業に背筋が通る。自分が頭に立ったのでは、皆が皆ばらばらで、手抜きだって横行するだろう。人にはそれぞれの役というものがある。門屋には門屋の、名主には名主の、果たすべき役がある。役のなかでも、落合家当主の役は、わたくし以外に誰も果たすことはできないと、諭《さと》しました。それで、わたくしは、飢饉に敢然と立ち向かう、名主の役を演じることにしたのでございます」

久兵衛の語る利助に、思わず頭が下がった。そんな英傑が、江戸から遥《はる》かに離れた在方に、ほんとうに居たのだと思い、表御殿虎間が、いかにも軽く感じられた。

「飢饉が治まりかけた頃から、わたくしは周りから称賛を浴びるようになりました。郡中はおろか上野国に並ぶ者のない百姓の首領と称えられました。わたくしとしては、それを喜べるわけもございません。まさに針の筵《むしろ》で、恐々としながら日々を送っておりました。正直、利助を疑う気持ちも芽生えました。これは、みんな利助の謀《はかりごと》なのではないか。これ以上、上りようもない処まで上り詰めさせておいて、引っ込みがつかなくなってから、真相を明かすと脅しにかかるのではないか。利助と顔を合わせると、思わず頰が強張《こわば》るのが分かりました。けれど、利助はなにも変わらなかった。一年経っても二年経っても、三年経っても、そして自分の商いがうまく立ち行かなくなっても、三年前のことを仄《ほの》めかしすらしませんでした。わたくしは己を恥じました。そこへ、そして、もうなにも迷わず、自分の役をしっかりと務めようと決心しました。そこへ起きたのが、あの火矢騒ぎだったのです」

月が雲に入って、青い光が退《ひ》き、久兵衛の言葉が途切れた。

再び月が顔を覗《のぞ》かせても、久兵衛はしばらく黙したままだった。なんで、こんなことになったのかと、振り返っているようだった。あるいは、そこでそうしている己を、現《うつつ》と捉えられなかったのかもしれなかった。

「火矢に付けられていた文の中身は、昨日、お話ししたとおりでございます」

それでも、竹林がまたざうと鳴ると、据わっていた目に動きが戻り、我に返ったようにまた唇を動かし始めた。

「村では、次の飢饉に備えて籾《もみ》を蓄えることにいたしました。その義倉のために、三百両を差し出せというものです。ところが、いまの利助には、三百両など逆さに振っても出ません。昨日の朝は、なんとか策を考えて、また夜分に相談しようということになりました。そうです。あの薪炭場の雑木林で、話し合うことにしたのです。とはいっても、先の飢饉では、わたくしも借りられるだけの金は借りて復興に注《つ》ぎ込んでおりました。いまはその返済に追いまくられる日々で、新たに借りられる当てなどございません。結局、夜になって会ったときは、気休め程度のことしか言えなかった。

昨日、申し上げたように、村人全員を集めて釘《くぎ》を刺すとか、これまで一度としてなかったことだから、実際に火を放つことはあるまいとか、そんな悠長な文句を口にしておりました」

久兵衛とは、これまでも幾度か顔を合わせているはずだった。まだ前髪を垂らしていた頃に村を訪ねたこともあったし、丈夫届けや元服、初御目見《おめみえ》などの節目には、名主の慣例として久兵衛のほうから江戸の屋敷に祝いに来た。けれど雅之に、久兵衛の記憶は薄い。おそらく自分は久兵衛を久兵衛としてではなく、名を持たぬ村の者として相対していたのだろうと思い、そういう、物の分からぬ己を恥じた。若かった、とは思えなかった。

「悔やむべきは、そのときのわたくしが、己の発する言葉を悠長と受け止めていなかったことです。利助にも似合わぬ狼狽《うろた》え様が気に掛かってはおりましたが、その期に及んでもなおわたくしは利助に甘えておりました。ずっと、的を外さぬ見通しと手立てで、わたくしを支え続けてきてくれた利助でございます。浮き足立つわたくしの足を地に着かせて、背中を叩き、前へ送り出すのはいつものことでございました。いくら切羽詰まっているように見えても、最後はなんとかしてくれるという了見があったのです」

まるで、己のことではないかと、雅之は思った。

「でも、利助はこれまでの利助ではありませんでした。飢饉以来、ずっと商いがうまく運ばず、しばらく前から、百姓一本で身を立てようとしておりました。五石七斗五升の小前百姓として、やり直そうとしていたのです。ちょうど、男の孫が生まれたばかりでございました。二代後の跡継ぎの顔を見たことで、すっぱりと商いから退き、地道に田を耕して、子々孫々に伝えてゆく覚悟を固めたのでございましょう。そこを、わたくしは軽く見ていた」

ひとつ息をついてから、久兵衛は続けた。

「己一人の才覚で勝機を切り開く商いと異なり、百姓は周りの力添えがなければ一歩も前へ進めません。田があるだけでは、米はできない。水を分け合い、堆肥《たいひ》にする落ち葉を分け合い、手間を分け合わなければなりません。村あっての田なのです。火矢を放たれるということは、その村から弾《はじ》き出されることを意味しておりました。だからこそ、利助はあれほどに取り乱した。己のためではない。孫のために、火矢を恐れたのです。なのに、わたくしはそれにまったく気づこうとせず、他人事《ひとごと》のような台詞《せりふ》を並べるばかりでした」

ひとつひとつの言葉が突き刺さって、自分が苛めに遭うのも、理由がないわけではないのだろうと思えた。

「わたくしの話を聞き終えたときの利助の顔は忘れることができません。軀の力が抜け切ったような、見知らぬ者を見るような表情を浮かべ、唇を動かすこともなく、ゆっくりと背中を向けました。おそらく利助とて、わたくしがなにもできないのは分かっていたと思います。利助が哀しんだのは、なにもしてもらえなかったからではなく、なにも理解されなかったからでございましょう。誰よりも利助を理解できるはずのわたくしが、分かろうとすらしなかった。利助の無念はいかばかりだったか、量ることもできません。でも、あのときのわたくしは、そういうようには考えられなかった。いきなり背を向けられたわたくしは慌てて、どうするつもりかと声を掛けました。すると、利助は背中を見せたまま、皆にありのままを話すしかない、と言ったのです。その瞬間、利助の謀ではないかと疑心暗鬼になっていた頃のわたくしが蘇《よみがえ》りました。米を分け与えたのも、沼を埋め立てて日当を払ったのも、すべて自分がやったのだと、村中に触れて回るつもりなのだと思い込みました」

〝ありのまま〟とは……。

「たしかに、わたくしは利助に表に立てと言ったことがありました。ですが、あのときといまとでは状況がまったくちがいます。いま、真相を明かされれば、わたくしは大噓つきになってしまう。上野国随一の名主などと祭り上げられているだけに村人の失望は大きく、裏切られたと受け止める者が多々出るでしょう。それは、あってはならなかった。飢饉から三年経ったとはいえまだ疵は癒え切らず、村はぎりぎりのところで持ち堪えています。たとえ小さな駒《こま》でも外れれば釣り合いが崩れ、立ちどころに瓦解《がかい》してしまう。伝説の名主、落合久兵衛が汚辱《おじょく》に塗《まみ》れた後、村がどうなるかはあまりに自明でした。わたくしは狼狽《ろうばい》しました。そして、ふと気づくと、わたくしの懐《ふところ》には、森の夜路《よみち》を徘徊《はいかい》する野犬の用心にと呑《の》んできた脇差がありました。後は、もう御推察のとおりでございます」

青い光に目が慣れて、久兵衛が涙をこぼしているのが分かった。

「昨夜からずっと、利助が言った〝ありのまま〟とはなんだったのだろうと考えておりました。わたくしが恐れたように、飢饉の際の真相を洗いざらい明かすのも〝ありのまま〟なら、ただひとこと、いまは金がないと語るのも〝ありのまま〟です。いまとなっては、たしかめようもありませんが、ただひとつ、はっきりと分かることがございます。もしも、わたくしが心底《しんてい》から利助を信用していたら、あのときのわたくしが受け取ったようには受け取らなかっただろう、ということです。まさか利助が、わたくしの本意をたしかめるためにあのような言い方をしたとは思いませんが、万が一、そうであるとしたら、利助はわたくしに、救われようのない死に場処を用意したということになるのでしょう」

そこまで言うと、久兵衛は唇を閉じた。

自分の番なのだと、雅之は思った。

久兵衛は知行地の名主であり、そして一昨日からは、家臣でもある。

地頭の名代として、主家の惣領として、久兵衛の犯した罪を、裁断しなければならない。

いかなる仕置きを決めても、そこは久兵衛の語ったとおり、「救われようのない死に場処」となるだろう。

しかし、そうであるにせよ、久兵衛が最も恐れる結末だけは避けられるようにしなければならない。それが、これまでずっと、頼っているという自覚もないままに頼り切ってきた者に対する、せめてもの罪滅《つみほろ》ぼしだった。

「久兵衛」

雅之はおもむろに声を掛けた。

「はい」

「薪炭場からの帰り、村人に姿を見られたか」

ならば、早晩、噂《うわさ》が立つのは覚悟せねばならぬ。いかに、下久松村の真の領主、落合久兵衛とはいえ、噂が立つときは立つ。それは、つまり、落合久兵衛の名声が急坂を落ちる最初のひと転がりだ。伝説の名主であるうちに、久兵衛は急逝《きゅうせい》しなければならない。

「はい。二人ほど」

できるか、と雅之は己に問う。

お前に、久兵衛が斬れるか。

話を聞いたばかりで昂《たかぶ》っているいまならば、あるいは斬れるかもしれない。しかし、幸か不幸か、座敷から庭へ飛び出した軀は、脇差も帯びていない。これから、長い帰路を辿《たど》って、屋敷に戻り、いきなり刀を摑《つか》んで、久兵衛に刃を向けることができるか。

無理だ、と雅之は思う。

自分の手には余る。

中根左京の言うとおりだ。そんな腹は据わっていない。そんな修羅場には、一度たりとも立ったことがない。

どうする。

このままでは、久兵衛は汚辱に塗れる。

そして、久兵衛が恐れたとおり、下久松村は瓦解するかもしれない。
どうする……。
結局、雅之は、いちばん楽な路を選ぶ。
いま直ぐ決めることはない、と思う。
夜明けまでには未《ま》だ間がある。
それまで、いったん頭を空にして、どうすべきかを考え抜こう。
必死になって考えれば、きっと久兵衛を生かす策だって浮かぶかもしれない。

朝の早い夏が恨めしい。
考え出したばかりとしか思えぬのに、もう空が薄紫色になってきた。
もう直ぐ、地との際《きわ》が白々とし始めるのだろう。
胸が内から押されるようで、息苦しい。
空の明るさが増すに連れ、心の臓の鼓動が速くなる。
久兵衛はどうしているだろう。
久兵衛の目には、この空がどう映っているのだろう。

久兵衛はおそらく、いつでも自裁《じさい》できる男だ。
それが、そうせぬのは、武士として果てようとしているのだろう。
武士の命は己のものではない。
主家のものだ。
己の一存で、腹を切ることはできない。
そうだ、昨夜はそれを失念していた。
つい、狼狽して、久兵衛を武家ではなく、名主として見てしまった。
いよいよ、夜が明けてしまう。
切腹を命じるか。
介錯《かいしゃく》ならば、できるか。
苦しみを断てるか。
いや、やはり、生かしたい。
最後の最後まで、考えよう。
どこかに出口があるはずだ。
いよいよ夜の色を消そうとする空に抗《あらが》って、雅之は気を集めた。
と、そのとき、庭のほうで女の悲鳴が上がる。

瞬間、雅之は刀を腰に差し、脱兎《だっと》のごとく座敷を出た。

足が勝手に屋敷寺に向かう。

向こうから、下女が青い顔をして走ってくる。

雅之を認めると、「旦那《だんな》様が！」と泣き叫んだ。背後には、水桶《みずおけ》が転がっている。

さらに足を速めた。

先祖の墓石の前で、久兵衛が背中を見せて突っ伏している。周りは赤黒く染まっている。

「久兵衛！」

走り寄って名を叫ぶと、背中を震わせながら起き上がり、声を絞り出した。

「お許しを――」

もう残ってはいないであろう力で、精一杯首を延ばそうとする。

「承知！」

間、髪を入れずに抜刀し、振りかぶった。

あれから十二年が経つ。

いまは明和七年の秋である。
西島雅之は三十四歳になり、御公辺にあって目付を拝命している。
あいだに徒頭《かちがしら》を挟んで、三十歳のときに目付を仰《おお》せつかった。
当世の若手にしては希有《けう》な胆力との評価がもっぱらで、長崎奉行の呼び声も高いが、
いまも年に一度は必ず地頭として下久松村に赴き、落合家の屋敷に逗留する。
もしも、あの夏の日がなかったら、自分はけっして表御殿虎間に戻れず、番士さえ
全《まっと》うできなかっただろうと、仏間で手を合わせながら、雅之は思う。

# 文庫『春山入り』は単行本『約定』を文庫にしたものです。

青山文平

文庫『春山入り』を読んでいただいて、ありがとうございました。

青山文平と申します。

初めに、二点、断わりを入れさせていただきたいと思います。

まず、改題です。この『春山入り』は二〇一四年の八月に初版を刊行した単行本『約定』を、『春山入り』の表題に替えて文庫としたものです。

単行本のときから、表題を『約定』にするか『春山入り』にするかで揺れたのですが、文庫が出る時点では、どうしても『春山入り』のほうを採りたかったため、『約定』の文庫化をはっきりと打ち出すことを前提に、改題をお願いしました。巻末を通常の解説ではなく、著者後書きとしたのも、その一環です。購入していただく読者の皆様へ直《じか》に、改題をお伝えしたいと思いました。それでも紛らわしさは残ると存じますが、なにとぞご諒解《りょうかい》をお願いいたします。

次に、六篇の短篇に「半席」を含めたことについてです。

あるいは、ご存知の方もいらっしゃるかと思いますが、私は別に『半席』という表題の連作短篇集を著しております。二〇一六年の五月の刊行で、お陰さまで、時代小説でありながら、『このミステリーがすごい　2017年版』国内部門の第4位に選んでいただきました。この単行本『半席』に収めた六篇の連作短篇の一作目が、既に単行本『約定』に収録されていた短篇「半席」です。要するに、短篇「半席」が、『約定』と『半席』の二冊の単行本の両方に載っているのです。

ですから、単行本『半席』が出た際も、重なって載っているという声がありました。そうした声が大きくならなかったのは、単行本『半席』が、単行本『約定』に収めた「半席」を胚《はい》として生まれたことをすぐに理解していただけたからでしょう。最初から、連作短篇集『半席』の構想があったわけではありません。単行本『約定』に収まった「半席」に目を通してあらためて、これを一作目にした連作短篇を書きたいと思い立ったのです。ですから、単行本『半席』は、短篇「半席」から始まらなければなりませんでした。

今回、単行本『約定』の文庫化に際して、短篇「半席」を収めたのも、こうした、小説が生まれていく軌跡を残すためです。単行本『半席』も、いずれ文庫になります。そのときは、二冊の文庫に、同じ短篇「半席」が載ることになります。ならば、短篇「半席」は文庫『半席』にのみ入れて、文庫『春山入り』のほうは外してはどうかという意見もありました。しかし、それでは、作品集としての棲《す》み分けは整理されたとしても、単行本『約定』の「半席」に、連作短篇集『半席』が胚胎《はいたい》したという事実が消え失《う》せてしまいます。それは私には、重い欠損に思えました。で、文庫『春山入り』にも、短篇「半席」を載せた次第です。読者の皆様には、いましがたお読みいただいた「半席」から、連作短篇集『半席』の「真桑瓜《まくわうり》」が、「六代目中村庄蔵」が生まれていったことを感じていただければ幸いです。

さて、この短篇集『春山入り』にしても『半席』にしても、そして直木賞に選んでいただいた『つまをめとらば』にしてもそうなのですが、私は短篇小説という表現形式に愛着を持っていますし、敬ってもいます。ですから、一般的には、短篇はスケッチであり、長篇の片手間に肩の力を抜いて書かれるもの、というような見方があるかもしれませんが、私は長篇となんら変わらぬ構えで小説世界の構築に取り組みます。その証左がまずは創作の期間で、私は一篇の短篇の制作に少なくとも三ヶ月をかけます。素材の探索にひと月、構想にひと月、そして執筆にひと月です。

注意深い読者は、素材の探索と構想の順序が逆ではないかと思われるかもしれません。まず、構想を組み上げてから、その構想のための素材探しをするのではないかと。たしかに、そういうケースのほうが多いかもしれません。が、私の場合は短篇長篇を問わず、まず、素材の探索で、構想があとなのです。それは、私の創作のスタイルに依《よ》っています。私は、いわゆるプロットをつくらない書き手です。つまり、前もって設計図をつくることをしません。ざっと、こんな感じと大きく構想したら、あとは指任せです。筋は登場人物たちがつくる。彼ら、彼女らがなにを喋《しゃべ》り、どう動いたかによって、どんどん変わっていきます。自分でも、書いていて、ああ、こんな風になっちゃうんだ、と驚いたり、感激したりする。そこに、書き手としての楽しみ、喜びがあります。そして、書き手がわくわくしつつ書いている気持ちは、きっと読み手にも伝わって、わくわくする読書に繋《つな》がるのではないかと思うのです。

ただし、怖い。毎回、小説世界が降りてくるのを待ちつつ書くわけですから、降りてきてくれなかったらどうしよう、という不安と常に抱き合わせです。この怖さを乗り越える唯一《ゆいいつ》の手立てが、とびっきりの素材で抽出《ひきだ》しをいっぱいにしておくことなのです。取り掛かっている物語のための材料ではなく、ここになにかがあると感じた史実や考え方は枠を設けずになんでも入れておく。すると、うまくいけば、時間が経《た》って、いい具合に練れた素材が物語の節目となって降りてきてくれます。十分に熟成されて、余分なものは落ちているので、説明のための説明になることもありません。だから、まず、素材の探索なのです。私の場合、書いていない時間のすべては素材探しに充《あ》てていると言っても過言ではありません。

とはいえ、とびっきりの素材とは滅多に出会えるものではありません。これまで、誰も書いていない世界を書くことを自分に課しているせいもあって、十数冊、専門書を購入して、ひとつの収穫もないのは当たり前のことです。けれど、短篇だからといって、希少なとびっきりの素材を出し惜しむことはしません。この短篇集『春山入り』の六篇のそれぞれにも、長篇なみにふんだんに注ぎ込んでいます。そういうわけで、私の短篇集は贅沢《ぜいたく》な短篇集であることだけは自信をもって言えます。一篇に三ヶ月をかけるので、六篇収録の単行本になるには一年半かかるし、核となるとっておきの素材も長篇六冊分使う……。一篇を書き終わるといつも、これなら長篇にすればよかったと思うのですが、なにしろ、書き終えるまではどんな小説になるか、自分でも見えていないので、仕方ないのです。

私の残された時間からすると、こういう贅沢な創《つく》り方はむずかしいので、あるいは、短篇集は『つまをめとらば』と『半席』と、この『春山入り』の三冊のみになるかもしれません。私にとって短篇は、そういう創作です。

（二〇一七年　二月一八日）

この作品は平成二十六年八月新潮社より刊行
された『約定』を改題したものである。

山本周五郎著
四日のあやめ
武家の法度である喧嘩の助太刀のたのみを、夫にとりつがなかった妻の行為をめぐり、夫婦の絆とは何かを問いかける表題作など9編。

藤沢周平著
竹光始末
糊口をしのぐために刀を売り、竹光を腰に仕官の条件である上意討へと向う豪気な男。表題作の他、武士の宿命を描いた傑作小説5編。

帚木蓬生著
水神（上・下）
新田次郎文学賞受賞
筑後川に堰を作り稲田を潤したい。水涸れ村の五庄屋は、その大事業に命を懸けた。故郷の大地に捧げられた、熱涙溢れる時代長篇。

海音寺潮五郎著
西郷と大久保
熱情至誠の人、西郷と冷徹智略の人、大久保。私心を滅して維新の大業を成しとげ、征韓論で対立して袂をわかつ二英傑の友情と確執。

葉室麟著
橘花抄
己の信じる道に殉ずる男、光を失いながらも一途に生きる女。お家騒動に翻弄されながら守り抜いたものは。清新清冽な本格時代小説。

青山文平著
伊賀の残光
旧友が殺された。伊賀衆の老武士は友の死を探る内、裏の隠密、伊賀衆再興、大火の気配を知る。老いて怯まず、江戸に澱む闇を斬る。

# 春《はる》山《やま》入《い》り

新潮文庫　あ－84－2

平成二十九年五月一日発行

著者　青《あお》山《やま》文《ぶん》平《ぺい》

発行者　佐藤隆信

発行所　株式会社新潮社

郵便番号　一六二―八七一一
東京都新宿区矢来町七一
電話　編集部(〇三)三二六六―五四四〇
　　　読者係(〇三)三二六六―五一一一
http://www.shinchosha.co.jp

価格はカバーに表示してあります。

乱丁・落丁本は、ご面倒ですが小社読者係宛ご送付ください。送料小社負担にてお取替えいたします。

印刷・大日本印刷株式会社　製本・株式会社植木製本所


ISBN978-4-10-120092-7 C0193